晴心_{作品}

qingxin
works

Y O U J I A N H U A H U O

又见花火

知识产权出版社
全国百佳图书出版单位

图书在版编目（CIP）数据

又见花火 / 晴心著. — 北京：知识产权出版社,2016.12
ISBN 978-7-5130-4624-4

Ⅰ．①又… Ⅱ．①晴… Ⅲ．①长篇小说－中国－当代 Ⅳ．①I247.5

中国版本图书馆CIP数据核字（2016）第294252号

责任编辑：卢媛媛

又见花火

YOUJIAN HUAHUO

晴　心　著

出版发行：	知识产权出版社 有限责任公司	网　　址：	http：// www. ipph. cn	
电　话：	010－82004826		http：//www. laichushu. com	
社　址：	北京市海淀区西外太平庄55号	邮　编：	100081	
责编电话：	010－82000860转8597	责编邮箱：	31964590@qq.com	
发行电话：	010－82000860转8101 / 8029	发行传真：	010－82000893 / 82003279	
印　刷：	北京中献拓方科技发展有限公司	经　销：	各大网上书店、新华书店及相关专业书店	
开　本：	880mm×1230mm　1/32	印　张：	7.75	
版　次：	2016年12月第1版	印　次：	2016年12月第1次印刷	
字　数：	161千字	定　价：	28.00元	

ISBN 978－7－5130－4624－4

目 录

第一章 "新娘"被劫

一

1931年9月16日，东北经济军事重地龙口城。

这天是龙口城商会会长花子敬的独女花火大小姐出嫁的日子，花家张灯结彩、宾客盈门。花家老爷花子敬一脸喜色，带着他唯一的一个姨娘小十一在前厅接待客人，花家的管家肖西门来去如风、有条不紊地指挥下人做事，花府上上下下都洋溢着办喜事的一团和气。

后堂花园里，两个喜娘追着一个身形俊朗、眉目俊俏的"新郎"穿过小径到达一间厢房门前，只见这俏"新郎"一声娇叱："郑又见，起来拜堂了！"话起脚落，厢房门被踢开。

跟在身后的喜娘、丫鬟、小厮一脸的痛苦表情，明明伸出了想拦住的手，却硬生生地把手收了回去，嘴里的话自然也是狠狠吞了几吞才终于吐了出来："小姐，拜堂前新娘新郎不能见面！规矩上说这样不吉利。"可他们的大小姐，连新郎的衣裳她都一意孤行地抢着穿上了，再劝其他又有什么用？

听见这熟悉的声音，知是花火来了，郑又见只眼皮动了动，伸手拉起棉被蒙住耳朵想继续睡。他昨夜有些失眠，看了

一夜的书,天明才入睡,这一大清早,实在是清梦不堪扰。

"郑又见,快起来梳妆打扮啦!"一身新郎装扮的花火心情很不错,俏脸笑意盈盈,手上却没那么温柔,双手抓住被角一用力,郑又见怀里的棉被便失守了。

一旁的丫鬟与喜娘怕看见什么不该看见的,赶紧别开脸,幸好棉被下的郑又见一身素白睡衣穿得整齐。他有些无精打采地坐起,眼睛还是闭着的:"火儿,求你,让我多睡一会儿,就一会儿。"

花火俊眉微锁,"啪"顺手拍了郑又见的脑袋一掌:"说了不准叫我火儿,叫我无缺。"

郑又见似被打习惯了那般,"哎哟"了一声,伸手摸了下被打的地方,头顺着一歪便靠在床柱上打算继续睡。

花火看他这样,也放弃了继续训他,转身指挥一干人等:"让他睡吧! 你们,赶紧给他换上衣服化上妆! 给弄好看点儿! 快快!"

小厮赶紧去拿衣服,却被花火一把扯开,她拿起喜娘手里托的凤冠霞帔,看着一脸尴尬无奈的众人笑靥如花:"给他穿上这个!"

半睡着任由喜娘、丫鬟给自己穿衣服的时候,郑又见还没醒,但当沉沉的凤冠盖上了脑袋,他一个激灵醒过来了:"这是要干吗?"

他睁开了眼睛,只见一身新郎红装的花火俏生生地站在他面前对他笑:"给你穿嫁衣嫁给我呀。"

"火儿!"郑又见整个人都跳起来了,因为个子太高撞到了床棱，一时又疼得龇牙咧嘴："哪有男人做新娘、女人做新郎的？"

"怎么没有？在我花无缺这里就有！虽说你是男人，但我才是花家大小姐，你嫁入我们家不是很正常吗？凭什么就只能男人娶女人嫁，我花无缺今天偏偏还就女人娶男人嫁了！"花火说得理直气壮，一双清亮美眸闪着笃定的光。

二

花火倒是说得头头是道，郑又见一时语塞，虽知反驳她也容易，但十八年来的人生经验告诉他，他从小到大就没赢过花火，今天看她这架势，是带着绳子绑也要把他绑上花轿的吧？但让他扮成新娘拜堂，这……

"我要是不愿意呢？"郑又见还是决定为自己争取一下，毕竟拜堂成亲这种人生大事，娶谁已经由不得他选，这拜堂总不能闹成个笑话吧？

"不愿意？"花火眼神一闪，笑容更深，转身从丫鬟手里拿过一个托盘："绳子绑着拜堂和迷药弄晕了拜堂，你选哪一种？如果不满意还有别的，比如我打肿你的脸、打折你的腿，亲自扶着你去拜堂也可以的哦。"

郑又见盯着花火那双清亮美眸看了半晌，确定她真的不是开玩笑之后，黑着脸任由花火给他盖上了红盖头。

前堂，司仪一声"新郎、新娘到"，穿戴一新的花子敬赶紧又正了正原本就坐得很直的身子，他怀着对佳儿佳妇的期待望向门口走进来的一对新人，脸上的喜色一下子就僵住了：那

得意扬扬地牵着红花缎子那头的"新娘"走进来的,不是他那个宝贝女儿还有谁?

　　花家大小姐在龙口城里,那真算个让人头疼的人儿。就拿名字来说吧,小时算命先生说她五行缺火,爱女如命的花子敬就给女儿取名花火,大小姐长大点儿不干了,嫌"花火"难听,说自己啥也不缺,所以不能叫花火,命上上下下、左左右右都得叫她无缺。花大小姐身为富家大小姐,琴棋书画会的有限,倒是最爱穿着那种叫什么西装的玩意儿,扮成公子哥儿出门玩乐,自称无缺公子,爱打抱不平,闹出过不少事儿。

　　要说花大小姐那女扮男装的小俏模样,还真迷倒过不少城里的姑娘们,知道她是女子后,碍于花府的地位,大家倒也一笑了之。可今天这可是拜堂成亲呀,花大小姐在自己的婚礼上还要女扮男装,这是要闹哪样?

　　宾客们一肚子狐疑等着看好戏,可花家主人花老爷没作声,被请到主婚席上的龙口城署长顾家齐也没出声,其他人当然也没敢开口。

　　花火与郑又见就是在这样满堂半是狐疑半是看好戏的目光里拜了堂,花火向一脸无奈的父亲敬酒时,还特意调皮地眨了眨眼睛。

　　因为郑又见同时也是花子敬的养子,所以是在花家拜堂,拜完堂后自然要送入洞房呀,司仪这边送入洞房的话音没落,就被花火抬手阻止了:"这别人家娶亲都是八抬大轿抬过门,我这娶亲大门都没出呢,连门都不过就直接入洞房,那可不行。"

司仪一脸郁闷地看看惯女惯得全城出名的花老爷，又看看从不讲规矩的花大小姐："那大小姐您是要怎样？"

三

"听说了吗？花家大小姐今天娶亲！正过大街呢！哎哟，那嫁妆，十里红妆也就这样吧？真是阔气！"

"啥花家大小姐娶亲？"

"花大小姐扮成新郎骑马上呢，轿里的听说是新郎！你说新鲜不新鲜！"

"哎哟，这新郎真是俊呀。"

平时与花家大小姐有过或没有过照面的，都知道花家大小姐怪花样多，今儿个又看到花家大小姐居然穿着新郎装娶亲，成亲拜堂又来了这么一出，于是更多的人都想看看大小姐这次又想玩什么新花样。

花火骑着高头大马，一脸得意地带着她的"新娘子"游街，丝毫不惧街边看热闹的人越来越多，心想："这个游街的主意不错，这下龙口城里，就人人都知道我花无缺娶了郑又见了。"

那把斩马弯刀，是在街口拐角处，从旁边的人群里低低地飞出来的，闪亮亮直奔花火骑的那匹马的马脚。花火正得意着呢，断没想到居然会有人敢斩她的马脚。马受了伤，嘶鸣中先是高高跃起，然后倒了地。花火就那么猝不及防地被摔到了地上，幸好花子敬考虑周全，早早命几个有些身手的护院贴

身紧守着花火,关键时刻接了她一把,否则,她非摔个鼻青脸肿不可!

这边马鸣人倒的混乱中,那边花轿却神不知鬼不觉地被人打了轿脚。轿里的郑又见刚察觉到不对劲儿,就连人带轿被摔在了地上,人还没醒过神儿来,一个孔武有力的大汉就一把将他从轿里扯出,直接给扛到了马背上。

郑又见自是挣扎起来,可不挣扎还好,一挣扎,倒挨了一记结实的手刀,人一下子就晕了过去。

花火是眼睁睁地看着郑又见被人扛上马背掳走的。她愣了一秒,才反应过来居然有人敢劫她的花轿!这一下不得了,怒火就上来了,转身拉起旁边已经受伤的马就要追过去。受过花老爷千叮万嘱一定要保护好大小姐安全的护院们哪里敢让她这样追出去,死死将她拉住,好不容易才将人架回了花府。

花家大小姐的花轿被劫了!而且是当街被抢的!这还得了!目睹此事的人议论纷纷且不说,花家也顿时炸开了锅。

花子敬赶紧将正喝喜酒的龙口城一把手顾家齐请进了书房商议对策。花火是一路被架着回家的,到家一得自由便对架她的喜娘、护院拳打脚踢,将捡回来的红盖头劈头扔到管家肖西门的头上:"马上给我查清楚!是谁敢抢了本公子的花轿?"

抢花轿的是长山寨的土匪胡二奎,他这会儿还不知道自己抢的是花家大小姐的花轿。今儿个他下山采办刚巧经过,看着那马上的新郎十分俊俏,心里便觉得花轿里的新娘一定更娇美，想起大当家关大雷最近对自己十分不满，经常朝自己发脾气，动不动就说要毙了自己，他临时起意想给大当家关大雷抢个压寨夫人，有了女人，兴许大当家的脾气就能好点儿。

土匪这行当，胡二奎十岁出头就开始干了，有的是经验，今儿个他先斩了"新郎"的马脚，继而制造混乱，趁机抢到了"新娘"，全程还真是顺顺利利的。

胡二奎一路打马带着打晕的"新娘"出了城进了山，发现前无堵截后无追兵之后，他没忘把早前扯下的凤冠放到牙齿上咬了咬："他娘老子！是真家伙！"

四

花火没想到龙口城里居然有人敢抢她花家大小姐的花轿，加上围观人数太多，一时混乱，竟让胡二奎得了手去。

老爹拉了顾伯父去书房商量，管家肖西门磨磨叽叽才得来了消息，说是长山寨的土匪干的。心中越想越恼怒的花火自然等不得父亲商量出什么结果来，趁家中各人忙乱成一团，她从厨房肉案上抄了把刀就出了门，上马直奔长山寨："敢抢我花无缺的花轿，这帮土匪真是活得不耐烦了！"

花火就是凭着这一股气儿提着刀要去端土匪窝。她一向被父亲惯着不说，龙口城署长顾家齐与花家是世交，警察大队队长顾皑之是她让往东绝不往西的发小，她在龙口城里，向来就没受过什么委屈，这娶亲当街被抢轿的事，花火那想起一出是一出的热血性子要能冷静下来就怪了。

书房里，龙口城署长顾家齐以不明情由怕伤害郑又见为由，劝花子敬稍安勿躁，两人正商量办法，管家肖西门来报，花火从厨房拿了刀，已经骑马出城去了！

这下花子敬真坐不住了："大哥，得出兵呀。我的火儿和见儿都上了山，万一有个好歹……"花子敬急得不行，盯着顾家齐的眼睛都似要跳出来那般。

顾家齐却敛眉抿嘴一脸凝重："子敬勿躁，土匪无非是要钱，没拿到钱是不会对见儿怎样的。而且我们这样贸然上山，不知道对方情况，很容易引起撕票。"

花子敬一听"撕票"二字，身子颤了颤："可火儿现在也上山了，她那性子，等不得呀。"

"火儿就是太鲁莽才导致今天的局面呀。等不得也要等！现下俩孩子都上山了，贸然动作，伤了哪一个都不行！就算上山，也得弄清楚山上人数兵力如何，这事得一次就成功，否则孩子们更危险。"听顾家齐这么一说，花子敬像一下没了心神，焦虑得几近魂不守舍。

书房门外，眉目清秀的顾皑之眉头紧锁，终于一咬牙转身离开，直奔警察局。

今天花火成亲。他素来喜欢的人是花火，思来想去，觉得自己不能眼睁睁地看着花火嫁人，就借口警察局有事没来喝喜酒，没想到居然有人劫了花家大小姐的花轿！他以为轿里的是花火，赶紧跑来花家探消息，没想到听到的却是郑又见被劫了。郑又见是个男人倒也罢了，可花火那丫头竟然自己跑上山去了！

顾皑之心里像被猫爪子狠挠了一样难受,他进了警察局,点了几个闲着的人的名儿:"大刘,小李,赵二,进财,带上家伙!跟我救人去!"

大刘、小李几个,平时是知道顾皑之的,这署长家公子,书读了些,虽穿的是警察队的队长服,可那胆儿却是绿豆花生那么大一粒儿。顾队长喜欢花家大小姐,也不是一天两天了。这会儿听说花家花轿被抢了,顾公子该不会是要去救花小姐吧?

五

"顾队,咱这是要往哪儿去呀?"眼见顾皑之出了警局直奔城门,小李忍不住问了,"您这不是要往长山寨救花小姐去吧?"

"怎么? 我不能去救花小姐?"顾皑之瞪了小李一眼,怨恨他问出了自己心里的恐惧。

"这个也不是说不能,可咱就这几个人,队长您看您是不是要考虑一下?"大刘与小李递了个眼色,顾公子的胆色谁不知道,抓个小偷还吓得腿直打战,这要上山打土匪,开玩笑呢吧?

顾皑之心里本来就悬乎着,被小李、大刘这么一问,顿时脚步都有点儿打战,停了下来回头问几人:"都带了枪了吧?"

"带了呀。"进财嘴快,平时也没个顾忌,顾皑之虽然胆小,可也不是那种小心眼儿的少爷公子。

进财就直说了:"顾队,咱还是别去了。别没到山下,你就

吓得要回家换裤子。"

其他三人一听到进财说这个,顿时也笑了起来:"是呀是呀,顾队咱还是回去吧,那地儿可是长山寨呀,这天不好,您看裤子要是湿了也不好干。哈哈哈。"

顾皑之尿裤子这事儿,是有典故的。他从小听到鞭炮声都吓得管不住自己的"水龙头"。小时候没少因为这个被调皮的花火捉弄。这大了进了警察局还是那个熊样儿,第一天巡逻听到旁边有人追击犯人开了枪,当街就尿了裤子。这不,尿裤子这事儿都成了警察局里的笑柄。

听这几个人这么一说,本来真害怕的顾皑之一张秀气的脸都涨成了猪肝色。过去这些事,自然是没脸,可有关花火的事情,他自问从小到大都是比较勇敢的。特别是这会儿,他是真不想被他人给看扁了:"带了枪就行!啰唆什么!走!"

"顾队长!真去啊?"

小李看顾皑之竟然迈开大步走在了前头,边问边跟上去:"看来顾队您是真喜欢花家大小姐,为了她您这胆儿都肥了不少。"

"少废话,跟上。"顾皑之嘴上对下属说着硬话,心里却直打战,也知道长山寨那些土匪到底凶悍成啥程度,他是直接闯呢,还是另想其他辙?

长山寨里,关大雷正坐在虎皮椅上,听山寨里唯一识字的半神仙给他读《三国演义》。

关大雷这人呢,浓眉大眼、五大三粗,从小就爱听《三国演义》《水浒传》,自称是关公爷的后人,将来肯定是要有大出息的。因为以前当过兵，他在长山寨做了土匪却也不愿人叫自己大当家的，就喜欢让人叫自己营长，开口闭口都要来句："传我命令！"他给长山寨的土匪们也设了不少规矩，算是比较特别的一个土匪头子。

关大雷正听得入迷，小哨来报："大当家！"

关大雷把眼一瞪，小哨马上改了口："报告营长！二当家的给您抢回来个压寨夫人！"

六

胡二奎安顿好抢来的"新娘子"，一脸喜滋滋地到聚义堂来见关大雷："大当家，哦不，报告营长！我回来了！"他不但回来了，还给大当家的抢回来一娇美的压寨夫人呢。

"跪下！"关大雷坐得稳如山，宽厚有力的手掌却拍了一把桌子，一只茶杯被震掉了。

胡二奎虽不知关大雷咋发火了，但大当家让他跪他立即就跪了，跪下的同时没忘眼明手快地接住了尚未落地的茶杯。这世道艰难，虽说他们是土匪，可长山寨的日子也不好过，买个茶杯也不容易。

"听说，你给我抢了个新娘子？"关大雷的浓眉大眼稍稍地眯起，看起来倒也杀气十足。胡二奎感觉有些不对劲儿，可也没弄明白自己到底哪儿错了："是。小的也是看大当家最近脾气不好……哦不，是大当家都到了该成亲的年纪了，这房里也没个女人，我寻思着给大当家找个压寨夫人。"

"所以你就抢人家花轿了？"关大雷问完这句，没耐性再问下去了，瞪大眼睛伸手又是一拍桌子，结实的原木桌腿散架了一条，他看都不看一眼，"你晓得我长山寨有三不抢的规矩不？"

"三不抢？"胡二奎一时半会儿想不起来，"哪三不抢？"

"二当家，三不抢就是一不抢老弱妇孺，二不抢英雄义士，三不抢花轿坏人姻缘。"一旁实在看不过去的半神仙赶紧提醒胡二奎。胡二奎素来不爱听读书人这些不浅白的话语，瞪了半神仙一眼："我就抢了咋地？"

"来人！"关大雷想再拍次桌子，看再拍桌子就没了，勉强收回了手，"给老子上家法！"

"大当家的！"这下胡二奎慌了，别的他记不住，长山寨的家法倒刺鞭的滋味他可是尝过，这辈子他可不想在床板上再趴一个月了！

"娘老子的，我说我立的规矩咋就没把长山寨给管利索，敢情就是你带着乱来！我今儿不动家法你就不知道本营长是有军法的！"

近日来剿匪风声紧，长山寨入不敷出，他身上挂着寨里上百人的身家性命，本来就心情不佳，偏偏胡二奎下山买个米也能给他生出事来，他不揍他揍谁？关大雷拿起倒刺鞭就要往胡二奎身上抽。

"报告营长！有人闯山门！"关大雷刚扬起鞭，小哨便来报了，关大雷一听，鞭子抽得更狠，却因为胡二奎的躲闪没打着。

胡二奎赶紧向半神仙打眼色，让他想法儿救救自己。半神仙自然也知道胡二奎不是故意惹的事儿,拦住小哨问:"闯山的是几个人?"

"就一个,穿着新郎衣服呢。"小哨答,末了又加了句:"长得俊的一少爷,就是有点儿娘气,态度嚣张得很。怕是来者不善。"

关大雷一听,怒火更盛,吼了声"看你惹的麻烦",又要打胡二奎,半神仙赶紧拦住:"营长勿躁,抢的是亲,来的却不一定是麻烦。"

关大雷人虽看着粗,心思却也不是个没弯儿的,听半神仙这么一说,心里也有了主意:人是抢来了,压寨夫人不要就不算坏人姻缘,这夫人变肉票换点儿银两也不错。再说了,就来了一公子哥儿,他的长山寨哪是那么容易闯的?

七

秋日午后,烈日炎炎,花火心中有火,又一路赶着上山,自是热得火气更盛。

见小哨进去报了好一会儿也没个人影出来,她等不住了,破口大骂起来:"都说你长山寨大当家的当过兵有些志气,说什么一不抢老弱妇孺、二不抢英雄义士、三不抢花轿坏人姻缘,你今天当街抢了我花无缺的新娘子,也算是让我开眼了,土匪就是土匪,狗改不了吃屎,自己没本事娶不上亲,就靠抢别人媳妇,真是土匪的脸都不要了!"

花火这正骂得兴起,只听寨门里有个人哈哈大笑着命人

打开了大门。她料想应该是那土匪头子出来了,心里不由得有点儿紧张,但她自觉有理,反正骂也骂了,就算有个什么,她的新娘被抢了,她怎么也得骂个过瘾回去吧。

这么一想,倒放开了,丝毫不看关大雷大开寨门的威风凛凛,又一句接着一句骂关大雷的土匪窝没个土匪样儿。

关大雷见她言语豪放又伶牙俐齿,而且单枪匹马就敢上山来闯门,打开大门明摆着不把他放在眼里,她还骂得更嚣张了,是有点儿意思!

可长山寨也不能让人这么骂,怎么也得给这个小嫩瓜一点儿教训。他挥手让众人勿扰,等花火骂完一通歇气时,才中气十足地说了句:"来长山寨要人可以,但长山寨是有规矩的,闯山的人得破个阵,不破阵不对话。"

其实那阵,也不过是一些土匪的行规黑话。花火是谁呀,平日里便爱在龙口城里玩些有的没的,这土匪门规嘛,从她嘴里说出来就像是她做过土匪一样,特别是对龙口城里最大的土匪窝长山寨,连关大雷从军营搬来的几条小规矩她都门儿清。

就在众土匪的目瞪口呆中,花火觉得自己说得都有点儿口干舌燥了:"我说你们到底放人不放人?来者是客,也没给口茶喝喝,还说啥有规矩呢,这规矩能成?"

关大雷越听越觉得这小嫩瓜有意思,见她也不似无理取闹那种横人,挥手让人摆酒设宴,说难得有人敢只身闯长山寨的山门,他要和花公子喝一杯。

花火是完全靠平时在说书先生那里听来的故事跟关大

雷在扯,正说江湖门道儿说得兴趣盎然,她平时就喜欢听这些江湖故事,这会儿以为自己还在故事里呢,见关大雷要请自己喝酒,二话不说就应了下来,大摇大摆地就跟着进聚义堂喝酒去了。

这时候,小哨悄悄又来给关大雷通报,说有几个警察模样的人在山下喊话呢。关大雷一听嗤笑一声,"这上山都不敢,光在山下喊,谅他也没什么本事。"也不在意,只让小哨们看着点,敢上山就把他们打回去就是了。

在山下喊话的,自然是心里焦急、胆儿却巨小的顾皑之,他带着几名手下一路直奔长山寨要人,但只到山下就怂了,只能雷声大雨点小地放几枪喊几声。

天色渐暗,聚义堂里灯火通明,花火正与关大雷喝酒吃肉大谈江湖事。长山寨后堂的昏暗小木牢里,郑又见揉着酸痛的脖子醒了过来。

八

看守郑又见的是一个小瘦子,听说大当家的今晚设了宴席,大部分兄弟都喝酒吃肉去了,就他需要守着"肉票",只能就着馒头喝冷酒,心里真是不爽快得很。

郑又见醒来的时候哼了一声,小瘦子也没理,只眼巴巴地看着聚义堂的方向,想着那肉味儿流口水。

郑又见忍着痛观察了一下环境,又看了下看守的装束,大概知道自己是被土匪给劫了。这种情形,他自然没见过。他

虽然只是花家的养子,可他这爹比起亲爹来也没差多少。养父虽没像疼花火那般疼他,可也是当少爷养大的,就算这几年去了讲武堂读书,那也是家中月月派人送衣物、银钱,郑又见哪里遇过这等事!

郑又见慌了一会儿,到底是冷静下来了。想着从小到大被花火欺负得也不算少,她爱跑林子里去玩,他为了找她也没少独自去野外,就当这会儿是花火的恶作剧好了。

郑又见冷静下来,在身下的破草堆里摸了块石头,心里就有了主意:"看守大哥,我口渴。"

"口渴忍着!老子还想吃肉呢!"看守没理他。

"我是山下花家的人,我这里还有一对金耳环,我把耳环给你换一口水喝成吗?"郑又见耐着性子,似哄花火那般哄那人走近。瘦子一听有金子,眼睛一下就亮了。

长山寨另一角,一身素净布袍的三当家覃线娘正急急地往木牢这边走过来。今天她本来是和胡二奎一起下山的,胡二奎去采办,她去卖绣品,老板不在,她就等了一会儿,回来就听说胡二奎给关大雷抢了个美貌的压寨夫人回来,惹得人家那新郎还来闯山寨!

闯山寨什么的,线娘兴趣不大。但居然给关大雷抢回来个新娘,这事儿她覃线娘可不会答应!

线娘是长山寨前任大当家覃财的女儿,覃财在世时,本是想将线娘许配给关大雷的,线娘呢,对关大雷也有意,只是这事还没办成,覃财就没了,临死前让关大雷一定要照看好线娘,关大雷也答应了。

自此线娘也就一直当关大雷是未婚夫，只是不知道这几年关大雷一直不提成亲的事情是为了啥。这一听说胡二奎居然给关大雷抢了个新娘，线娘哪里还坐得住，又气又急，趁着人都到前堂喝酒去了，她打算去牢房把新娘悄悄送下山。

线娘到了木牢，没看见看守，以为看守忍不住也跑去喝酒了，心想也省了她的事儿了，径直就向正在牢里躺着的新娘子走过去。打开门轻声叫了几声没人应，走近一看，穿着新娘衣服躺在地上的哪里是什么新娘，分明是寨子里的瘦子！

线娘摸了摸瘦子的鼻息，知道他只是被打晕了，"如果不是有人悄悄地潜入山寨救人，那就是新娘子自己跑了。跑了也好，也省了我的事。可万一是有贼人潜入长山寨呢？这事神不知鬼不觉的，说不定是个高手，那么长山寨可就要有危险了！"

这么一想，线娘也顾不得管瘦子了，赶紧去聚义堂去找关大雷商量对策。

九

线娘匆忙赶到聚义堂，还没进门，却听到一个熟悉的声音，她愣了一下，下意识地停住脚步往里看，待看清楚那说话的人是花火后，线娘悄悄地往旁边移了几步到阴影处，抚着惊跳的心口想：怎么是大小姐？

线娘是认得花火的。不但认得花火，她与花火的关系还非同一般。

长山寨已经去世的老当家覃财读过私塾,虽然命运所致成了土匪,可他不想自己的宝贝女儿在土匪窝里长大。

线娘五岁那年,就被覃财送到花家做丫鬟。线娘聪明伶俐又勤快,很投花火的脾气,从七岁起就一直是花火的贴身丫鬟。花火打小就不喜爱绣花识字,可是老爷花子敬非要让她学,没办法,花火带着丫头线娘躲在闺房,和线娘一起学绣花和练字,花火写字倒是学了些,绣花就完全丢给线娘了。

她自己百无聊赖地拿着绣花针当成飞镖扔着玩,这一扔十几年过去,线娘为掩护花火偷懒练得一手好绣技,花火的绣花针飞镖却练得炉火纯青,指哪儿打哪儿溜得很。二人一直以来情同姐妹,四年前覃财在和别的土匪绺子火拼时受了重伤,料想自己没几天了,便让人去接线娘回山寨见她老爹最后一面,也算是认祖归宗。

当时因为覃财的土匪身份,线娘也没向花火多说,所幸花火是个爽快好心的小姐,一听她要回家去与病重的老爹团聚,心中虽有不舍但仍大方地放线娘离开了,临走还送了她一堆首饰盘缠。

这一切,线娘自然是铭记于心的。这几年长山寨境况不好,也亏得她从小姐那里学来的绣技,绣出来的东西精致有人喜欢,也能帮着长山寨贴补一些。

想到这些过往,线娘再往屋里看正和一群粗野男人喝酒吃肉的花火,便心疼起她的大小姐来:大小姐那样的身份,怎么跑来这里和一帮男人喝起酒来了?这要是传出去,花家大小姐的名声还要不要了?

这么一想，线娘真的有些急了。可她眼见花火一身男装，与关大雷称兄道弟，心里又激动又担忧，心里顾虑着之前父亲送自己去花家是隐藏着身份去的，没说是土匪，此时也不好上前相认。可也不能让大小姐这么喝下去呀。不成，她得想个法子。

这边线娘着急，还没想出解救花火的法子，里面喝酒的关大雷却彻底喜欢上了花兄弟这豪爽霸气的性子了。他一碗酒喝下去，酒碗往桌上一顿："花兄弟，咱结拜兄弟怎么样？我长山寨的四当家给你做！从此之后，我长山寨百来号人，除了我和二当家、三当家，其他人全听你的，咋样？"

十

"不咋样。"花火挑眉爽快地拒绝了。

关大雷提出这提议的时候，虽在酒兴上，却也是真心的，没想到花火一口就拒绝了：

"无缺兄弟这是嫌弃大哥我？"

"也说不上嫌弃。我这无缺公子做得好好的，干吗要来长山寨做土匪？别说个四当家，就是给我个大当家我也不做土匪。"花火素来酒量是可以的，但刚才与关大雷等人一轮喝下来，她自知再往下喝就有点儿扛不住了，"我不做土匪，把我的新娘子还给我，我得走了。后会有期！"

关大雷没想到花火拒绝得如此直白干脆，虽有些尴尬，但倒也不是十分介意。不知为啥他越看花火越觉得对他眼缘，

这会儿花火一说要走,他心里忽然生出些不舍来:"走啥走,外面天都黑了。要走也等天明再走!"

花火往外一看,天真的黑透了。心知在土匪窝久留绝非好事,还是坚持要走:"男子汉大丈夫,我一个人上山来向你要人都不怕,我还能怕天黑? 新娘呢,给我领过来! 老子要回去入洞房了!"

花火越是要走,关大雷倒越是不想让她走了:"长山寨离城不算近,这黑灯瞎火的你拖着个女人走回去天都亮了,还洞房个屁! 今天是哥哥不对,搅了你拜花堂入洞房。这会儿哥哥还你一个洞房! 来人! 给无缺兄弟收拾个敞亮房间! 今晚算长山寨给无缺兄弟赔礼,这顿酒算办喜事,喝完你就入洞房去!"

花火看关大雷这势头,今天是真不想放自己走了。心想:等你们这帮土匪喝大了,我一会儿进了"洞房"看到郑又见再连夜下山也是一样,于是也就没再坚持。

这么一闹,牢里的瘦子醒过来了,一看新娘跑了,自己也担不起,赶紧跑过来报告:"大当家! 大当家! 新,新,新娘子! 跑,跑了!"

关大雷一听脸一沉,给了瘦子一个耳刮子:"还不给老子去追!"

花火一听郑又见跑了,心想郑又见这小子还算机灵,她一开心,就又趁着酒劲儿,随口便说:"跑得好,不愧是我男人。"

花火这话一出,其他人没怎么注意,关大雷与半神仙微愣半秒,互相交换了一个眼神儿,同时看向了花火的喉结。

自诩老江湖的二人赫然发现,眼前这个豪爽霸气、胆儿不是一般肥的花无缺花兄弟,居然是一个女人!

花火性子虽然野,但可也不是笨人,关大雷与半神仙的面色一凝,她便知自己刚才得意忘形露出了破绽,可她告诉自己,这会儿更不能慌张。

郑又见逃了,要是知道自己还在长山寨,决不会不管自己。再说了,照她爹惯她的劲儿,能把她放长山寨不管?

这么一想,花火淡定下来了,小小地抿了一口酒,挑眉问关大雷:"关大哥这是打算说话不算数了?"

关大雷看着她那张俊俏的小脸,心里真是恼怒至极,这么一张脸,他咋就没想到她是个女人呢? 他这还和她称兄道弟半天来着! 得,这新郎扮的新娘跑了,正儿八经的新娘不还在这儿吗? 他今儿个还真就把她给娶了!

"来人!"关大雷又大喝了一声,聚义堂里,人们的心都跳了几跳。

第二章　新郎夜奔

一

　　花火虽然与关大雷喝了半晌酒,但她也不能完全了解关大雷到底是个什么样的土匪,关大雷的这一声"来人",花火觉察到有点儿不对劲儿,但还是往好了去想:"大约这土匪是要找人送我下山?"

　　关大雷很快就让花火感受到了什么叫土匪,只见他扫了花火一眼,浓眉一横,哈哈地笑了两声:"给老子摆花堂! 新娘子跑了,收拾好的洞房也不能就这么废了。老子今晚就来个洞房花烛!"

　　关大雷这么说的时候,眼睛一直盯着花火。花火心想要糟糕,晓得是自己刚才嘴快说的那句话露了馅儿了,但她也不好这会儿就跳出去承认自己是个女人,干脆就来个装糊涂不说话。

　　"大当家,新娘子都跑了,你要和谁成亲呀?"胡二奎嘴快,问了出来后,越看越觉得大当家看花公子的眼神不对劲儿,再看一眼半神仙打给他的手势,胡二奎一下明白过来了:"花兄弟! 你竟是个娘儿们!"

胡二奎这么一嚷,一群土匪哄的一下,像浇了油的火似的闹了起来:"这花兄弟是个娘儿们!"

"骗了老子这么久!"

"哪儿的娘儿们胆儿这么肥,敢来攻山寨要花腔?"

一片喧闹中,花火心里虽慌,可这会儿知道也跑不了,干脆豁出去了,她慢慢地站起来,一双清亮美目盯着关大雷的眼睛:"这么说,大当家的是要出尔反尔不讲江湖道义了?"

"我跟个娘儿们讲什么江湖道义?"关大雷哼一声,不以为意。

"原来,传闻中有规矩的长山寨也不过如此。"花火哼了一声,一脸鄙视,"江湖道义就是江湖道义,你们长山寨还分个男人女人区别对待,这真是一般土匪都不如了!"

关大雷没想到这女子竟如此大胆,面对着这一窝男人竟然面无惧色,之前不知她女子身份也就算了,这会儿她底细败露,居然还敢气定神闲地和他讲江湖规矩!

"男人闯荡江湖,女人暖床生娃,这有啥不对?你既然是个女人,又自己送上门来,老子今天不娶了你,别人还以为我长山寨随便什么人都能闯一闯呢!"关大雷是服气她的勇气,但也不能让她小瞧了他的长山寨。

"女人就不能闯你们长山寨了?我这不是照样来喝酒吃肉了吗?"

花火摆摆手,懒得与他们多加争执:"我今儿个就是要走了,你们放我也得走,不放我也得走!土匪就是土匪,没有规矩就算了,见个女人都想绑人成亲,真是让人看不上!"

关大雷这会儿真是气得心尖儿都在冒火,可花火这小嘴"嘚啵嘚啵"一说,他又莫名地觉得她特别迷人,别说要一枪毙了她,就是想着把她放下山去,心里都很是舍不得的,一时气得干脆要了横儿:"我不放人,你待怎样?"

花火耐心用尽:"啰里啰唆什么呀。你就说怎样才放人吧!爽快点儿!"她心里此时还真有点儿怕,为了壮胆儿,声音特意提高了几分。这看在关大雷眼里,就更是让他心痒痒了几分:这娘儿们怎么就这么够劲儿呢!

二

半个时辰之后,花火跟着瘦子进了一间房,她将瘦子喝退,自己关上了门,悄悄聆听了一会儿外面的动静,确认真的无人偷听之后,这才松了一口气退到床边,握着拳头团团转了一会儿,小声地叹了一句:"哎呀妈呀,吓死本公子了!"

刚才关大雷当着众人的面儿,说她欺瞒身份在前,长山寨不能就这么算了。所以,要么跟他关大雷拜堂成亲,要么就闯关比武,赢了才能下山,输了就得心甘情愿做压寨夫人。

花火自然不会答应拜堂,一口应承比武闯关。关大雷虽然有些惊讶,但到底还是没再在大堂上为难她,答应明日比试,如果她赢了就放她下山。

可这会儿花火仔细地想了想,是真后怕了。和土匪比武的胆儿她是有的,可是这比武的本事,她是真没有呀!虽说她从小一直都喜欢些花拳绣腿的,可她那一向疼爱她到恨不得星星月亮都给她摘下来的爹就是不肯让她练习武功，一心想把她培养成大家闺秀。读书写字她都不怎么喜欢，绣花弹琴她就更是讨厌了。可在爹的阻拦下，她的功夫硬是没练成，龙口城里公子哥儿会的遛鸟、逗狗、玩蛐蛐儿她都会，可打打杀杀的功夫她是真不会呀。

花火这会儿是越想越急。她仔细地盘算了自己的本事，她统共也就会玩个绣花针钉个蝴蝶蜜蜂什么的，这点儿小本事能和这帮刀口上舔血的土匪比吗？这明天一比试，输赢且不说，这丢大脸是肯定的了呀。在一帮土匪面前丢人，这事儿她花火可不干。一不做二不休，她干脆来个一走了之最好！

打定了主意，花火熄了灯，弄出点儿喝多了上床的声响，同时竖起耳朵听外面的动静，打算寻着机会就走人。

夜色渐深。线娘打开箱子找出一个叫手电的玩意儿，那是去年关大雷在山下抢的，说是夜里能照明，寨里只有一个女孩子，就给她了。线娘用布包了包手电，想了想又拿了唯一一粒会发光的明珠，趁着夜色悄悄地打开门，熟门熟路地避开哨点去了花火的房间。

线娘刚到门外，和衣躺在床上的花火便睁开眼睛并且迅速起来藏好。她虽然也累也困，但这可是在土匪窝里，她怎么也不敢熟睡。

门反锁了，线娘试了一下没能打开，只好悄声地问："大小姐，你醒着吗？我是线娘。开开门。"

线娘？花火有三年没见过线娘了，但线娘的声音她是听得出的。她兴奋地跑过去开门，借着门外的月光一看，来的果

然是线娘："线娘！你怎么会在这里？"

线娘闪身进屋，把门重新又关上，才拉着花火往里走了走："大小姐，我对不起你。"

花火经了这一下午的事儿，总算见到了一个熟悉又信任的人，高兴得一下把线娘抱住："说啥对不起！我见到你就高兴坏了！"

三

线娘见花火这样，想起一直以来大小姐对自己的照顾，眼睛也红了："大小姐，这几年线娘真是想念你。"

"我也特别想你！"花火兴奋得又抱了抱线娘，才忽然想起自己的处境来，"你怎么也在这里？那帮土匪也抓了你？"

线娘赶紧说没有。然后，她小声地将自己的身世对花火说了说，又拿出手电与明珠交给花火："我去确认过了，新娘确实是自己逃下山了。他们估计也没能追上。这是可以照明的，下山的路不好走，这又是半夜，你拿着方便走路。这个叫手电的还有开关，要是有人追你，你就关上躲一躲。明儿那什么比武，大小姐你犯不着和他们比。一帮大男人和你一姑娘家比武，那不是欺负人吗？"

线娘说话的时候，花火一直很高兴。她一直以为线娘的老家在很远的地方呢，原来就在长山寨里。见线娘不但来救自己，还处处为自己着想，心里真是感动，想着回到山下，就想办法把线娘接回家去。

线娘、花火在屋里说着话,怎么也没料到五大三粗的胡二奎竟将她们的话全都听了去。胡二奎是奉了关大雷之命来监视花火的,一听花火竟然是山下花家的大小姐,哪里还稳得住,赶紧跑回去把这事跟关大雷说了。

"花家大小姐?"关大雷喝了一口酒,看了一眼被叫过来议事的半神仙。半神仙点头,关大雷也就打定了主意,"胡二奎,明儿的比试是一定要比的。而且,咱长山寨是一定要赢。"既然是花家大小姐,他不管是留下人拜堂成亲,还是绑了她要赎金,都算是一本万利。

胡二奎得了令,心里惦记着线娘要放花火走的事情,也怕下面的人看守不周到,赶紧又回转,刚到门口,就拦住了已经把看守的小哨打晕后趁机下山的花火与线娘。

"三当家这是要做什么呢?"胡二奎五大三粗,身后又带了几个人,花火看这阵势,知道自己今天是走不成了。

想起线娘刚才的担忧与体贴,花火手一使劲儿将线娘推出门外:"我们虽是旧识,但我也不能说话不算坏了自己的名声,我花无缺答应了明儿个比试后再光明正大地下山,就一定比试赢了再走。线娘你不必再劝我,走吧。明儿见!"花火说完,就关上了门。

胡二奎也不是个笨人,说多错多,断不能将线娘拖进麻烦里。

线娘心里自然也着急,可见花火这么说了,胡二奎又虎视眈眈,也只得暂时作罢。

这一夜,长山寨各人是心事颇多。倒是断定自己今天跑不掉的花火,断了今晚下山的念头后,她也不折腾了,回到床

上就趁着酒劲微醺睡了一觉。

第二天一早,包括关大雷在内的土匪们都有点儿精神不济,倒是花火神采奕奕,看起来信心十足。

四

说起来这长山寨的比试,倒也简单粗暴,原是要比力气武功的。半神仙话刚说出来,就听到花火哈哈大笑:"关大雷,你长山寨以后是不想在江湖上混了吗? 你们这帮大男人和我一个姑娘家比力气、比武功,说出去也不怕被人笑掉大牙!"

"花大小姐说的是。咱们长山寨什么时候这么没种了? 都沦落到百来号男人一起欺负一个小姑娘的儿上了!"

线娘哼了一声,给花火帮腔。线娘虽是个女子,平日里看起来也温和可亲,可做起事来自有法道,所以她这个长山寨的三当家也不是白叫的。她这么一说,别说是关大雷了,就是底下的小土匪也觉得和花火比武功比力气有些不地道起来。

半神仙收到关大雷的暗示,赶紧改口:"这比武功,原是我们长山寨的规矩,但我们长山寨自是不能让人说我们欺负一个小姑娘。所以,今日和花火姑娘的比试,就改成比枪法,比胆量。这两样都与武功无关,说出去,也不算我们长山寨欺负人。"

听半神仙这么一说,花火稍稍地松了一口气,枪嘛,她是玩儿过,虽然自己的枪法没绣花针用得好,但也过得去。至于比胆量,她要是个怕事的,她今天就不会站在这里了。

枪法由关大雷和花火来比试。关大雷原本是想让胡二奎上，但怕他失手，最后还是自己上了，因为这不仅事关长山寨的脸面，还事关他的终身大事！

百米外打酒杯上的苹果，关大雷枪枪命中，一时土匪们欢呼喝彩声四起。关大雷放下枪，看了一眼一脸淡定的花火，心里对这姑娘的喜爱又多了几分。

胡二奎接到半神仙的示意，故意给了花火一支没准星的秃枪。花火看了那支枪一眼，就知道里面的子弹不可能打得准，她也不说，接过枪抬手就往聚义厅顶上的油灯扔过去："这什么破枪，多久没擦过了？用来换灯油还差不多。大当家你们灯油快没了，我帮你们打下来满上油，晚上照得更亮一些，让他们好好擦擦枪！"

只见那油灯应声被枪盒子打了下来，掉到地上一看，里面果然没什么油了。

土匪们大眼瞪小眼了一会儿，胡二奎正想嚷嚷个什么，关大雷啪啪地鼓起掌来："好！无缺姑娘这眼力这准星，我关大雷算与你平手！"

见关大雷都不得不佩服，胡二奎自然也不好再说什么，半神仙挥手示意他，下一关没那么好过。

这比胆色，其实也是长山寨里惩罚叛徒的传统项目，叫"过夺命桥"。

所谓夺命桥是一根横跨于深谷间，长达20米，宽仅能容纳单脚的独木。桥下水流湍急，飞珠溅玉，乱石林立，一旦失足掉下，毫无生还之机。而这独木桥长年处于水流之中，朽木表

面长满绿苔,滑溜得跟抹了油似的,别说过去,光是站在旁边看一看,都让人不寒而栗。十几年来,长山寨里犯事的喽啰就没能过夺命桥的,不是摔死,就是溺死,无一能侥幸走过。

五

花火走近,往那桥下深渊看了一眼,又看了看那满是青苔的独木桥,笑着问关大雷:"这就是夺命桥?"

"姑娘可别小看了这桥,长山寨里,走过这桥的人就没有活着上来的!"关大雷挑眉看着花火,实在是对这姑娘又多了几分服气,她肚子里装的是个什么胆儿呀,难道就不知道"怕"字怎么写吗?

"那本姑娘注定要成为第一个过桥的人了。"花火表现得很是冷静,丝毫不害怕,心里却兴奋得想要跳起来:昨儿个她娶亲,自己给自己设计了一些游戏,需要穿一双特别能咬地的鞋子,她想了个法儿,就改良了一下自己的鞋子,在鞋底那儿装了一块有钉子的铁板儿,用力一踩都能把地挖出个道儿。这独木桥难过,一是那些人心理不过关,二是上面长满了青苔太滑,她待会儿小心些,应该也能过。

"那你们谁和我比?"花火看了一眼关大雷,再看一眼胡二奎,如果不是胡二奎抢了郑又见上山,她至于要上来受这趟罪吗?

这么一想,花火恶向胆边生,真是恨不得他掉下去摔个稀巴烂:"刚才是大当家的和我比了,这局就由二当家和我比吧。"

"这……比就比!"胡二奎当着兄弟们的面,总不至于说自己不敢比，一口应下来后悔得差点儿想咬掉自己的舌头，"这次你先来！"

"好，我先来就我先来。我要是过了，二当家可不要反悔呀！"

花火一向就爱玩新奇的，又仗着穿了一双不怕青苔的鞋子，虽惊险万分但到底成功走过了桥。

一众土匪见她有惊无险地在从来无人生还的夺命桥上走了个来回，个个惊讶得目瞪口呆，随即也惊叹起来："这姑娘好胆量呀！"

比起那些土匪们，关大雷内心更是一番波澜涌动：这女子，不但长得俊俏，竟然还有如此胆量、如此身手！这么一想，关大雷心里便更不舍得她走了。

见花火走过了独木桥，胡二奎一张脸惨白，他虽天不怕地不怕，可这桥他是真没把握像花火一样好好地走过去再好好地走过来呀！

"无缺姑娘好胆量！"关大雷心里想着不让花火走的事，也顾不得胡二奎还没比呢，"这场算我们长山寨输了！无缺姑娘请！"

花火见关大雷这么一说，以为他是要请自己下山，一下也忘了要治胡二奎的事情："好，这样才有点儿长山寨的样子嘛！后会有期！"

"无缺姑娘！"关大雷听她说后会有期，实在是舍不得，"关某佩服无缺姑娘的胆量，我长山寨从此以后大门为无缺姑娘敞开。关某有个不情之请，不知无缺姑娘可否应允？"

"啥情不情的，说！"花火急着要走，一边走路一边让他有

话快说。

"无缺姑娘可否与关某结拜为异姓兄妹？"关大雷暂时也只想得出这个理由了。

"不结拜了，我爹有儿子了。"花火一口拒绝，心里只想着快点儿下山回去看郑又见怎么样了，就头也不回直奔寨门。她心里也怕关大雷反悔，因此走得非常快。

六

关大雷倒是想反悔来着，可又找不着什么好由头。众土匪被花火潇洒过夺命桥震得一片佩服，见她如此潇洒爽快，也继续给她鼓掌。这会儿看大当家黑了脸，才察觉不对想要去追。胡二奎又想抖机灵，可刚迈开脚步就被关大雷一把扯住："滚回去！"

胡二奎被拉了个趔趄，跺脚问关大雷："为啥？这么好一肉票，就这么放走了？"

关大雷看着花火远去的方向，像是自言自语，又像是对花火说："老子喜欢！"

花开两朵，各表一枝。那边花火正与关大雷一帮土匪在聚义堂喝酒吹牛的时候，郑又见打晕了瘦子，将自己身上的衣服与之调换，凭着直觉与机灵劲儿连夜摸出了长山寨。

出寨门的时候，很是费了些工夫，因为寨门已关，又有一个守夜的土匪，他是扒开一处老旧的栅栏才爬出来的，栅栏上的刺刮伤了双手，伤痕累累。山路崎岖，又是黑夜，只能借着月光下山，一路上也没少摔跤。

可他怕后面有土匪追赶，伤了痛了也不敢停留，就这么慌不择路地跑着。他身上有了几处伤，山路又不熟悉，山间有动物发出怪声也将他吓得不行，以为是土匪追至，在过一个山坳的时候，一个不留神，人就滚了下去。

疼痛惊慌再加上第一次遭遇这种事情，让郑又见短时间内脑子里一片空白，那个黑影，似飞一般掠过来将他拉住，没让他撞向谷底的那堆乱石上，他都有点儿恍惚，觉得该不会是花火跑来救自己了吧？

郑又见昏迷之前，脑海里闪的唯一一个念头是：要是火儿就好了，可千万别是土匪呀。

山脚一处破庙内，一个小火堆暖暖闪着光，一个身材精瘦的中年和尚正手脚利落地帮地上昏迷的郑又见检视处理伤口。染血的破衣服解开到郑又见的肩胛处时，和尚的动作突然停止了，他望着郑又见肩胛一处陈年烙痕出神，那是个像朵莲花一样的标志。

和尚望着望着，眼睛里隐约有了泪光。复又看到郑又见挂在脖子上的玉佩，一双浓眉又紧紧地锁起来，不禁靠近过去拿起玉佩仔细观看。

这时候，郑又见呻吟了一声，意识逐渐清醒过来后，他只看到了有人在看自己挂在胸前的玉佩，昏迷之前的惊惶逃跑让他以为自己又被土匪抓住了，用唯一的一点儿力气劈手将玉佩夺了过来："还给我！"

那玉佩是他与花火的订婚信物，虽然他一直表现得不是那

么喜欢与花火成亲,但有人要抢花火给的东西是万万不能的。

"你醒了?"

和尚见他已经醒了,便坐到一旁,脸上的神色也恢复了正常:"是贫僧救了你,并没有要害你的意思。"

完全清醒过来的郑又见也看清楚了面前的人并不是土匪而是一个和尚,赶忙道歉:"大师,对不起,我以为是……"

七

"贫僧不是土匪,贫僧法号明慧。不过土匪来了。快,你到佛像后面藏一下。"明慧和尚说着,起身将郑又见扶起,让他藏身于破败的佛像后面,出来后又挥起掌风扫了一些灰尘让破佛像看起来像没人动过的样子,随后将有郑又见身上血渍的东西用脚扫至自己的身下开始打坐。

果然,胡二奎派来追郑又见的三个土匪不一会儿就闯了进来:"和尚!看到一个年轻人没?"三人进了这破庙堂,东打量西打量了一番,很没礼貌地问明慧和尚。

"没有,"明慧和尚淡定地回答,"傍晚至现在,这庙里就只有贫僧一人。"

"不曾有人经过?"三土匪其实也无心追人,寨里大家都在喝酒吃肉呢,就他们三被派来追肉票,真是倒霉!

"出家人不打诳语。阿弥陀佛。"明慧和尚仍然很淡定,三人四处看了看,庙外远处忽然传来几声枪响,似乎还有人声,三人想起下午就在山下叫嚣却不敢上山的那几个警察,互相看了一眼："莫不是他逃到那些警察那边去了?"

这么一想,三人都觉得很有可能："要不,咱回去吧。就说那几个警察把他给救走了?"其中一个土匪提议,马上得到了其他两个的同意,再说了,他们这都追到山下了,追不上也不怪他们了吧?

三土匪商量着就走了,也没再理庙里这个穷和尚,待他们走远,明慧和尚示意郑又见从破佛像后面出来的时候,郑又见看了看庙里唯一可以藏人的地方,想这三土匪竟然都没去看一眼,真是险。

"阿弥陀佛,他们也只是乱世中无家可归的村民沦落为寇,并非穷凶极恶之徒。"明慧和尚似看出了郑又见的害怕,便宽慰了一句。

"是。多谢大师出手相救。"郑又见再次向明慧和尚致谢。

"施主不必客气。"明慧和尚犹豫了一下,还是问了出口,"贫僧倒是有一个不情之请,想请教一下施主。"

"大师你请说。"郑又见见明慧和尚并无害人之意,才稍稍放松了下来,"只是我才疏学浅,不知道能不能帮到大师。"

"贫僧想冒昧问一声,施主身上的玉佩是家传之物吗? 抑或是何处所得?"明慧和尚倒也没有扯别的,而是直接问出了心中的疑问。

见明慧和尚问到了玉佩,郑又见又想起了醒来时这和尚盯着自己的玉佩看的情形,心里顿时又起了戒心。龙口城花家的财产,多的是居心叵测之人盯着,他断不能讲出这是花火的东西,免得害了花家:"我也不知道,家父从小就让我佩戴着

不离身。"一想到有可能会危害到花家,郑又见自然不肯对明慧讲出实情。

明慧和尚看他如此,也知这年轻人看起来虽然瘦弱,但心思颇细,又经历了被土匪绑架,自然是不会轻易相信他人。

八

明慧和尚沉吟一下,问郑又见:"你我萍水相逢,贫僧是一个云游和尚,并非贪财之人,如若贫僧贪财,怕这玉佩你也保不住。你可知贫僧为何要问这玉佩的来历吗?"

郑又见挑眉毛看明慧和尚:"学生愚钝,不知何故。还请大师明言。"

"此玉佩正面刻了牡丹凤纹,背面是莲花纹,莲花底座处有一'郑'字。这是多年前,贫僧送给一个女婴的百日礼物,'郑'字为贫僧亲手所刻,与莲花座的精工相比稍为粗糙。这只玉佩是当年贫僧亲手为女婴戴上的。可惜,女婴百日的当夜,全家上下三十七口都被贼人所害。后来听说,女婴为人所救,算来,那姑娘现在也该长大了。"

明慧和尚语气平静地说着往事,就似说他人之事。他的叙述虽然平淡无奇,但一字一句听进郑又见的耳里,却似狂风吹起波澜:这玉佩是火儿的!那么火儿竟然不是爹的亲生女儿吗?

这么一想,郑又见也装不了淡定了:"这是我姐姐之物!望大师能详细告知,我姐姐何以全家被杀?"

"你姐姐之物?"明慧和尚自是知道郑又见是何人,自从将郑又见送给花子敬抚养之后,他便做了和尚云游天下,但隔了三五年总要悄悄地去看他一眼。不久前他从奉天城听说郑又见回乡娶亲,便赶来想远远看一眼小儿子成亲成人,未想到刚进奉天城便听到郑又见被土匪劫了,他追上山来,幸得千钧一发之际救了他。只是,那不堪的过去,让他如何开口对郑又见说?

"是的,确实是我姐姐之物。"

郑又见差点儿脱口而出是自己的订婚信物,但又觉得有些不好意思,便隐瞒了继续说:"万望大师告知当年之事。"

明慧和尚见他着急,又听他说这是他姐姐之物,明慧自是知道,郑又见是与他的养父之女、比他大几岁的姐姐成的亲。明慧这么一想,心中更是难过,明知眼前之人是自己的小儿子,但内心的愧疚让他不肯与儿子相认,这感觉真是如入地狱般万箭穿心。

明慧和尚到底在江湖历练了那么多年,心中再痛,也勉强忍住了。他平静地告诉郑又见当年的一部分事情,明慧告诉郑又见,那个导致女孩一家灭门的人叫刘寿山。

刘寿山让郑家一夜之间灭了门,只剩下一个女婴被救下,刘寿山一直心怀愧疚不能释怀。没过几年,刘寿山遭到了应有的报应家破人亡了。妻子去世后,刘寿山将两个年幼的儿子也送了人,其中尚在襁褓中的小儿子,就送给了龙口城的富商花子敬。

说到这里,明慧和尚眼睛满是痛楚地盯着情绪已经被这

些消息打击到接近崩溃的郑又见，喃喃地说了句："那个小儿子，如果他还活着，也该有你这么大了。"说完这句，明慧和尚也别开了脸假装看门外，不管是当年郑家之事，还是妻子之死，或是将两个儿子分别送人的事情，都让他此刻无脸与儿子相认。

九

也亏得郑又见被明慧和尚说的话惹得情绪失控已经失魂落魄，没有发现明慧和尚的异常，正好二人眼前的火堆也已慢慢熄灭，二人的表情都陷入了黑暗之中，郑又见才没有发现明慧和尚的神情异样。

对于郑又见而言，这个忽然出现救了自己的陌生和尚的这一番话，简直将他十八年来的生活与认知来了个天翻地覆！花火家被刘寿山灭门，而自己是刘寿山的小儿子。这是不是说，自己和火儿，是……郑又见想都不敢再想下去了，只觉得如雷轰顶，好一会儿都没有反应过来。

这些年来，他只知道自己是花子敬的养子，由父亲做主，自小与花火定亲，成年后与花火成亲。他从来不知道自己的身世，也不知道自己为什么姓郑，更不知道花火竟然也不是花子敬的亲生女儿。小的时候，他也曾经问过花子敬为什么自己姓郑而不是姓花，自己的生身父母是什么人，但老爹讳莫如深，不管他如何问，就是不肯透露一个字……原来，是有这样的缘由！

震惊过后，郑又见惊觉眼前火堆已灭，而明慧和尚在黑暗中打坐，他思来想去，觉得这个和尚一定知道很多事情，于是决定再追问："大师！那刘寿山，我的父亲他现在何方？"

黑暗中，打坐的明慧和尚不动如山，似是睡着了，又似是死去了。郑又见问了好几次，他都没有再出声，郑又见见他不愿再多说，也只得作罢。他留了个心眼儿，心想天一亮他就将明慧和尚请去花家做客，找个由头留明慧和尚住些日子，将事情仔仔细细地问个明白。说不定根本就是乱编的呢？这种和尚，也有乱编故事化缘的。可为什么他说的事情那么准呢？他的玉佩上，确实有一个郑字，他还以为是花火闹着玩刻上去的，却没想到在他昏迷的时候，这和尚就在看这玉佩了，说不定就是他乱编的故事！

郑又见胡思乱想着，既不肯相信和尚说的话，心绪又完全被和尚所说的话占据，虽然又累又饿，但却一直都没有睡着。他强撑着，一定要等到天亮，将和尚带回花家问个清楚。但天将亮时，他却最终没能敌过困意，迷迷糊糊地睡了过去。

郑又见醒过来的时候，天已大亮，他下意识地爬起来走向明慧和尚打坐的方向，结果扑了个空。

明慧和尚的不告而别，让郑又见心里纠结更甚。他动身下山，直奔家门，脑子里却一刻不停地反复思量着明慧和尚说的话。他希望那是真的，那样就可以知道自己的身世了，但又希望那不是真的，因为那样他将不知道如何面对花火，他明明已经与火儿成亲了呀！

十

　　内心纠结又失魂落魄的郑又见几乎是一路跌跌撞撞地回到花家的,刚到门口就遇上了正被花子敬派去顾府打探消息的管家肖西门。肖西门被穿着普通破衣裳的郑又见撞了一下,才认出这狼狈的少年竟然是自家少爷,赶紧过去扶住,往门里大叫:"快去报告老爷! 少爷回来了!"

　　大堂里,花子敬正为儿女都在土匪窝里消息全无,自己却毫无办法愁得一夜苍老,一听下人飞快来报说少爷回来了,赶紧就往外面跑,差点儿撞到了要进门的姨娘小十一。小十一"哎哟"了一声,见花子敬根本不理自己继续往外跑,拍拍衣服站起来问身边的丫鬟:"又出什么事了?"

　　丫鬟小声地说:"刚听到有人喊,是少爷回来了。"

　　"土匪把他们放回来了?"小十一柳眉微锁,赶紧也跟在花子敬的后面向大门走过去。

　　花子敬穿过大堂便发现肖西门扶着一身伤痕的儿子进来了,赶紧跑过去:"见儿! 你怎么样? 受伤了! 伤得重吗? 快叫大夫!"

　　花子敬看到儿子平安归来,自是惊喜不已,可往后一看,并不见那平时古灵精怪的宝贝女儿:"见儿,火儿呢? 她上山去救你,怎么没与你一道回来?"

　　见了父亲,却一肚子话无处可说的郑又见,听说花火居然上山救自己了,一下就愣住了,双手抓住了花子敬:"爹,你说什么? 火儿不在家吗?"

"大小姐见你被土匪劫了，她急得不行，自己到厨房拿了把刀就上山救你去了！"肖西门见老爷心痛难过得说不出话来，小声地给郑又见解释。

"我们家大小姐，就没把自己当过女人。这下可好了，被劫的回来了，救人的倒落入土匪手里了！"小十一似是为找存在感那般，尖酸地说了句风凉话，却被花子敬转身就甩了一个巴掌："闭嘴！"

见花子敬动了怒，小十一不敢出声了，倒是委屈地看了一眼肖西门。肖西门示意她稍安勿躁，她哼了一声，不再作声了。

"爹！找警察局没有？"郑又见此时说不清楚自己心里的感觉，花火为了救自己，竟然独自闯土匪窝，他只觉得心里既感动又担忧，更觉得不知如何面对花火。

想到此，他一下就急了，花火为了自己不管不顾，万一那明慧和尚的话是真的，那自己的身世……自己与花火岂不是不共戴天……一想到这些，他也顾不得许多了，一把拉住花子敬就往屋里走："爹，我有很重要的事情要问你！"

花子敬被神情慌乱、情绪激动的郑又见拉进了书房，肖西门和小十一被吩咐不得进去，虽然好奇，但也只能避开。

花子敬以为郑又见要说的是花火的事情，却没想到郑又见将怀里那块玉佩掏了出来，非常直接地问他："爹，火儿才是姓郑对不对？火儿才是郑家的女儿对不对？那我呢？我是谁？我真的是刘寿山的儿子吗？我爹刘寿山真的是郑家的灭门仇人吗？爹！你快说！快告诉我这不是真的！"

第三章　夫妻决裂

一

　　花子敬那张向来忧郁和气的脸,此刻却布满了愧疚与惊惶,他眼神想躲闪,却又躲不过儿子的咄咄逼人。他张开嘴想否认,却又什么都说不出来。当年之事,对他自己,何尝不是一生中最深刻的伤害。

　　郑又见瞧着养父这样的神色,心里本来那一丁点儿希望之火又熄灭了几分,想到此刻因为想救自己而可能沦落在土匪窝里的花火,他觉得自己的心似被一双大手狠狠地捏紧,喘不过气儿却又疼得要命。他无法形容这样的感觉,唯一希望的是养父能够告诉自己,那些都不是真的,只是那个和尚乱说。可是,养父此刻从未有过的神色,又让他一点儿一点儿地走向绝望。

　　郑又见的内心焦炽着,几近目赤,理智全然没有了,只剩必须要问个所以然的执着:"爹!快告诉我!是真的吗?我真的是刘寿山的儿子吗?刘寿山他真的杀了火儿的全家吗?"

　　郑又见声音嘶哑执着地追问,花子敬的情绪被他带回了当年。

当他跌跌撞撞地赶到郑家时,郑家上下死的死伤的伤,郑宅火光冲天,一切已经回天乏力。他在来的路上中了流弹,下身负伤流血不止,他筋疲力尽地倒在地上,恨不得一死了之。迷迷糊糊中,他隐约听到了婴儿的哭声,那凄凉又清亮的哭声,将他的意识拉回到了现实……

"爹! 求求你! 告诉我吧!"郑又见不堪忍受内心的折磨,抓住花子敬的手,双膝慢慢地跪下,一双望着花子敬的眼睛,已经满含了痛楚的泪光。

花子敬见一向温雅爱笑的养子此刻如此痛苦,而他能问出这些话,定是知道了一些什么,他如此执着地想知道真相,大概自己不说,他也会再去追查。一想到他这两个可怜的孩子,花子敬差点儿没能忍住自己的一把老泪。罢了罢了,既然如何都瞒不住,那就告诉他吧。

二十年前,花子敬、刘寿山、郑济时、顾家齐四人因志同道合,结为异姓兄弟,积极投入革命,加入了以推翻清王朝为宗旨的革命党,辛亥革命成功之后,兄弟四人意气风发,一时也风光无限……后来,辛亥革命成果被北洋政府所盗取,兄弟四人对新政府的腐败不作为十分不满,四人再策划起义准备二次革命。

起义前夕,郑济时不慎暴露了身份。为了保存革命力量,顾家齐决定牺牲郑济时,换取自己和花子敬的安全从而保证革命的成功。他瞒着花子敬,命刘寿山出面举报郑济时。

刘寿山轻信了顾家齐,以为举报真的只是权宜之计,顾家齐过后还计划着如何去救郑济时。却断没想到,政府为阻止

军阀们叛变再次进行革命,决定杀一儆百,派了军队围攻郑家,并下了斩草除根不留活口的命令。

花子敬赶到时,军队刚刚撤走,郑家已成一片焦土。在渐渐熄灭的火光中,花子敬听到了微弱的婴儿哭声,寻着婴儿的哭声,他找到了在郑家女主人与奶娘的尸体掩护下未被人发现的女婴。

那个婴儿,就是花火。

二

当时得知消息的刘寿山也火速赶往了郑家,但郑家已经变成一片火海。刘寿山难以接受自己的兄弟一家因自己的举报而灭门,连夜找顾家齐质问,但顾家齐义正词严地告诉当时也在场的花子敬:"只要起义成功,我们可以牺牲任何人,包括你和我。"

刘寿山、花子敬都无话可说。有关女婴的事情,当时花子敬长了个心眼儿,没有告诉顾家齐。

不久之后,刘寿山因为愧疚,精神上出了问题,再也无法在军中待下去,某天带着家人连夜逃出军队,从此不知所踪。

二次革命虽然爆发了,但讨袁起义最终还是以失败告终。顾家齐明哲保身地成为国民党骨干,刘寿山则不知去向。花子敬痛心于兄弟全家不幸,再也无心于政事,于是带着郑家唯一幸存的女婴回到家里,告诉父亲这是自己在外面生的女儿,女儿的娘感染风寒去世了……

三年后,刘寿山出现在龙口城,他把时年一岁的小儿子刘又见送给花子敬,求其代为收养,并交代让儿子改姓郑,为枉死的郑济时继承香火。为让刘寿山安心,花子敬也承诺孩子长大后,让他和女儿花火成婚。从此,刘寿山便再无音信……

花子敬说完往事,几乎不敢看养子那双充满了失望的眼睛,想宽慰他几句,却又不知从何说起,只能看着他麻木地站起身,失魂落魄地走出门去。

郑又见打开门时,墙角处有个人影一闪,但情绪失落的郑又见根本没有发现,只是跌跌撞撞地下意识往自己的房间走去。

怎么办?自己当真是姓刘,是刘寿山的儿子!而火儿的生身父母,甚至全家人,都是因为刘寿山的举报才惨死的!这让他怎么面对火儿?火儿倘若知道了,她昨天嫁的人,居然是她的灭门仇人,她会如何想?她会原谅他的父亲吗?以火儿疾恶如仇的性格,有可能吗?

郑又见跌跌撞撞地回到自己的房间,关上门,房间里还是昨天早上火儿带人进来强行将他扮作新娘时的样子,这么一看,他又想到了上长山寨去救自己的花火,一时内心更加痛苦悲愤,自己与花火竟有杀父之仇,这是真的吗?命运为什么要这样对待他?

郑又见越想越难受,想到此刻花火在土匪窝里的安危,更痛苦不堪。思来想去,火儿为了救自己而独闯土匪窝,她身为女子都有如此勇气,自己身为男人,而且是命里欠了她的男人,如何就不能去救她?

这个想法一出来,郑又见的眼睛里总算有了点儿神采,慌乱翻开抽屉,要找三年前花火送给他的那把匕首。

那把匕首是花火特意找人打造的,因为他要去讲武堂上学,花火自己平时欺负他欺负习惯了,怕他到了学堂也被人欺负,就特意打了一把可以随身带的匕首给他,告诉他如果谁敢欺负他就别客气。

想到过往,郑又见露出了一个苦涩的微笑。

三

其实郑又见在外面的为人处事比花火成熟冷静许多,只有花火以为每个人都会像她一样会欺负他。其实,是郑又见不与她计较,愿意被她欺负……

想到过去的那些点点滴滴,郑又见心里一时更痛苦了,火儿她呀,就是那么单纯的一个姑娘,她要是知道这些事情……

郑又见没再允许自己想下去,胡乱换了身衣裳,藏好匕首,给父亲留了封书信,悄悄走出了家门。

郑又见出了龙口城就直奔长山寨,他是抱着必死的决心往长山寨走的。能智取最好,不能,他硬拼也要把火儿救出来。火儿是为他才上山的,父亲欠下的,他不能继续欠着。

心里有了主意,郑又见的脚步更坚定了一些。

郑又见快到山脚下的时候,忽然就听到了花火的声音:"顾铠之你真的是为了救我才上山的?"

听见花火的声音,郑又见想迎过去,却又下意识地闪到路边的灌木丛中。只见仍一身新郎装扮的花火在顾皑之等几个警察的护卫下，正大摇大摆地走下山来。

郑又见想起昨夜在破庙里听到的枪声，兴许是天亮后顾皑之真的上山救下了花火？想不到平时以胆子小出名的顾皑之竟然为了花火有如此勇气。

想到这一点，郑又见心里微微地泛起了酸楚。那又如何？当年郑家灭门之事，顾伯父也难辞其咎。顾皑之喜欢花火是谁都知道的，可是，也一样没有和花火在一起的资格……

"当然呀。你的事就是我的事。你问问，昨天你刚出事，我就带着人赶来了！"顾皑之赶紧邀功，小李他们却不给他面子："是呀，顾队到了山下就没再往上走一步！"

"我是在静待时机！"顾皑之一张白脸涨得通红，赶紧解释，"无缺，我……"

"得了得了，我知道你什么胆儿。"花火摆摆手示意他不要再说，她着急着回去看看郑又见到底回到家没，他连夜跑下山，山路不好走，也不知道能不能安全到家。

郑又见就那么纠结又痛苦地藏在灌木丛里，眼睁睁地看着花火大步走远，直至她的身影消失在路尽头，他才失魂落魄地站了起来，望着回龙口城的路与离开龙口城的路，他怔怔良久，最终还是朝着离开龙口城的路，向着与花火相反的方向走了。

花子敬细思量了一番，决定还是找郑又见再谈谈，孩子还小，作为父亲，宽慰几句也好。可花子敬到了郑又见的房间，却发现了郑又见说要上山救花火的留信。

花火还在山上呢,郑又见这才一身伤回来,又不声不响再跑去。这下花子敬再也坐不住了,马上动身前往顾府,请顾家齐想办法。长山寨土匪众多,花家全部伙计、佣人加起来不过十几个人,除了向龙口城的署长顾家齐求助,花子敬也想不出来其他办法了。

四

花子敬前脚刚离开花家没多久,花火就回到了家。一进门高喊着"爹"却没人应,下人看小姐回来了,赶紧过来小声说,老爷刚刚去了顾府议事。

父亲与顾伯父是知交,经常要一起议事,这花火也知道,所以就没有多问花子敬的事情,接着就问起了郑又见:"少爷呢? 少爷回来没?"

"少爷,哦,姑爷回来倒是回来了。"昨天才成了亲,下人们有点儿捏不准到底是要叫少爷还是姑爷,最后决定称郑又见为姑爷,因为大家都知道大小姐是很愿意嫁给姑爷的,免得叫错了惹她生气。

"什么叫回来倒是回来了? 他在哪儿?"花火说着就往郑又见的房间走,想着回来就好,其他一切都好说。

"姑爷没在家。他又走了。"下人犹豫了好一会儿,他也不知道情由,不知道要怎么告诉花火姑爷为什么没在家。

"又走了? 去了哪儿?"花火眼睛一下瞪大了,盯得下人头皮发麻。大小姐人是不错,就是脾气不怎么样,所以下人一般都不敢惹她。下人其实也不知道怎么回事,只知道姑爷回来之后就和老爷关起门来说话,平时对下人都很和气的姑爷神色一直都有些不对,没半天就听说少爷离家出走了,还留了信。大家谁也没看过信,但下人们都说,姑爷可能是觉得大小姐太任性,不想和大小姐成亲,所以就趁着土匪劫亲的机会逃婚了。

下人支支吾吾地说了一些听来的话和自己的理解,花火性子急,也没去想什么前因后果,就听到郑又见离家出走、逃婚这些词了。以她直白的理解,那就是郑又见不愿意与她成亲然后逃婚了!

"逃婚?他为啥逃婚?"花火问这句话的时候,都有点儿气急败坏了。

下人本来就害怕她生气,她这么一问,也不敢再答。于是花火越想便越气愤:"好你个郑又见,本姑娘为了你连土匪窝都闯了,你居然一声不吭地逃婚了!"

"是不是因为大小姐让姑爷坐在花轿里……"一个嘴快的下人见花火马上要发作,赶紧说了一句,其他几个见有人开了口,也七嘴八舌,"就是呀,大小姐,哪有一个大男人穿了凤冠霞帔坐在花轿里的,姑爷会不会是因为这个不高兴呀?"

下人这么一说,花火心里也觉得昨天自己闹得可能有点儿过分,她嘴上不肯承认:"有什么不高兴的?我才是花家大小姐!本来就是我娶他进门!这婚结不结可是我花无缺说了算!郑又见他说了不算!"

挥手让下人退下去,花火回到房间,瞧着房间里的花烛红

被，真是越想越窝火。郑又见你不想成亲你早说呀！干嘛跟她拜了堂才说要逃婚！

五

花火独自在新房里，真是越想越生气。可自己在这儿生气也不是个办法。她得把郑又见追回来问个清楚。跟她过还是不跟她过，得有个了断。

这么一想，花火当下就收拾了细软，也没来得及等父亲回家告别，就跨马直奔奉天城讲武堂追郑又见去了。

下人们看着姑爷与小姐二人，这一天之内都是从土匪窝里回家，可又都是回家后又走了。想去问情由，不敢。想去拦更不敢，只能在花火上马之后说"告诉我爹我找郑又见去了"的时候，无奈地"哎"了一声，目送她绝尘而去。

郑又见离龙口城越来越远，他心事重重，天地茫茫，却不知道自己要去往何处，一时更感人世悲凉。

一路上，他毫无目的地乱走。到了一个路口的时候，他停下脚步犹豫了一会儿，不知前路在何方的感觉让他更加想念花家。想起花子敬说起他的家乡在关内，于是便先找了去京城的路，心想，到京城去看看自己的老家也好，说不定还能打听到父亲与兄长的消息。

有了目标，郑又见慢慢地收拾起自己的情绪，整个人看起来也好了一些。他一路到了车站，想乘火车去京城，却发现小火车站因为局势紧张而停运了。他问了人，说要去京城只能到巨流河码头去乘船。

去码头的路上，郑又见发现路人神色都有些不太对，空气中充满了紧张压抑的气氛，心中也想起了近来日本人对中国的态度，局势所至，所以路人很少。

眼见天色将暗，郑又见加快了脚步，大约是没留神，迎面与一人撞上了。对方穿着长衫、戴着礼帽，匆忙地对他说了声"对不起"，便闪身躲进了路边的一处草丛里。郑又见看到一滴血落在一枚落叶上，愣了一下。

"快点儿！路口拐弯处忽然冲过来几个人，穿着普通的衣服，但手里却拿着枪，口音也有些奇怪。郑又见看见他们手里的枪，心里一个激灵，下意识地向那染了血迹的草丛坐了下去，然后拿出水来喝，装作是在路边休息的样子。

"喂，看到一个男人从这里经过了吗？"问话的人非常没有礼貌，口音也特别奇怪，他的话说得长一些，郑又见倒是听出来了，应该是个会说中文的日本人。

"没。"郑又见假装一脸茫然地向他们摇头，那些人大概看郑又见一脸风尘仆仆，又只是一个小青年，便不再理会他，向前方追了过去。待那些人走远，郑又见站了起来，也不看草丛里，只是小声地说了句："快走吧，他们走远了。"

"多谢相助。后会有期。"草丛中那个男子低沉地道了一声谢，但却没动，反而低低地呻吟了一声。郑又见察觉不对，拨开草丛进去一看，只见那中年男人一脸苍白地捂着下腹，艰难地站了起来。

郑又见见他受伤了，怕那些日本人再折返回来，一咬牙过去将他架起："走！"

六

因为中年男子受伤,二人走得并不快,而且不敢走大路。郑又见想将他带到码头附近找个医生给他治伤,于是一路往码头走去。但二人没走多远,折返的追兵便紧跟而至,一声枪响,郑又见慌得差点儿摔了一跤!但他还是紧紧扶着受伤的中年男子加快了脚步。

快到码头的时候,中年男子推开郑又见:"小兄弟,分开跑,生机大!"他说完,自己便跌跌撞撞地跑向一边,郑又见不敢多做停留,赶紧也夺路狂奔。

追来的日本人不知二人已分开,顺着郑又见跑的方向追了过来,郑又见被穷追不舍的日本人逼到了路的尽头,前面是一片芦苇荡,后有追兵,郑又见咬咬牙,纵身跳入了水里。

入了水,郑又见便往芦苇深处游。幸而他因从小被花火各种欺负,光是把他推到荷花池里的戏码就上演了多次,为了不吃大亏,他悄悄习了水,多年来也有了不错的水性。

游到估计子弹难以打到的地方后,郑又见藏在水下,抽了根芦苇管作为呼吸工具,静静地伏在水里。隐约听到追至岸边的日本人朝水里乱发了一阵枪。大概因为夜色深重,芦苇荡面积也太大,日本人便没有下水再追。

凭着自己的机灵,郑又见险险地躲过了一劫。但当他筋疲力尽地爬上岸后,却发现因为慌忙逃跑,他的盘缠与行李都落在水里了。

一下变得身无分文的郑又见好不容易走到了码头,却没有钱买船票。不但如此，他又累又饿，身上的伤口被水泡了，疼痛又增了几分。

思虑半晌后，郑又见难耐饥饿，决定忍着伤痛到不远处的修路工人的窝棚求助。

夜色如水，秋意已浓，郑又见全身湿透，冻得不轻。只凭着一股意志，向有微弱灯光的窝棚走过去。

快靠近窝棚时，郑又见听到了人声，正庆幸时却察觉到不对劲儿：怎么他们说的是日语？

郑又见在讲武堂读书这几年，因为比较关心国际形势，在英语、日语上很是下了一些功夫，也知道日本人向来对中国有着不可告人的野心。

听到工人们竟然讲日语，郑又见悄悄地放轻了自己的脚步，走近想听听他们在说什么。

不听还好，日本人的一番对话听下来，郑又见都呆住了：难怪他在火车站买不到车票，因为日本人已经控制了铁路，随时准备向奉天城发起军事进攻！

这个无意中听来的消息实在太令人震惊了，郑又见知道自己应该冷静思考对策，但是他毕竟只是一个十八岁的年轻人，日本人竟要发动军事侵略战争这样的事情，远远超出了他的接受范围。震惊之余，郑又见本想悄悄离开，可慌忙中，不小心撞到了腿上的伤口，一下子疼得他不由自主地闷哼了一声！

七

弄出了动静，里面的日本间谍自然不是等闲之辈，转身追

了出来。郑又见自是拔腿就跑，他身上有伤，又累又饿，便凭着一股逃生的本能在黑暗中飞奔，情急中郑又见想起从码头过来的小路上，看到芦苇荡里有一些捕野鸭的机关，大概是附近的村民装上去的。想起那些机关，郑又见心中有了主意，就算不能绊住日本人，他自己逃了也好。

那三个装扮成修路工人的日本人生怕消息走漏，自然不敢掉以轻心，一路紧紧追着郑又见，到最后干脆开了枪，幸好是夜晚，又是在奔跑中，郑又见没有被打中。郑又见听到枪声，心跳都要吓停了，但凭着求生的本能，他不敢停下，反而加快脚步，扎进河边的芦苇荡里。

郑又见本想借着夜色与芦苇保命就好，未料想那三个人竟也熟悉水性，一下子也扎进了水里！

郑又见只得深吸一口气潜入水下，凭着月亮的微光，向那个捕野鸭的机关游过去。他游得很快，到了之后，便弄出了些动静，引得那三名日本人也跟了过去。郑又见静静地待在水里，手里紧紧抓住破渔网的绳子，借着月光计算着他们靠近的距离，等他们靠近得差不多之后，他深呼吸一口气，将自己沉入了水底。

他们有枪，必须要快，郑又见在心里暗暗地对自己鼓着劲儿，在水底下拉着破渔网的绳子绕着那几人的脚转了两圈儿，然后强忍住最后一口气拼命地拉紧了绳子！

等那三个日本人察觉脚下已经被什么东西缠住的时候，郑又见拼命地往岸边游去，他没想要杀人，他想缠住他们好能逃命，所以，上了岸后，根本没顾上回头看那三个人的动静，而是头也不回地扑入了黑夜里。

关内是去不成了，郑又见只能转道去奉天。日本人要攻打奉天城，他想去讲武堂报个信儿，看自己能不能帮上什么忙。他身无分文饥饿疲惫地赶路，一路上只在一户农家讨到一碗粥吃，当他到达奉天城附近的时候，整个人真是狼狈至极，几乎与乞丐难民无异了。

越接近奉天城，关卡越多，而且盘查得特别严格：只有塞钱给士兵的那些人能够过关，其他人都被呵斥到一边，无法再前进一步。而且只有进去的门是开着的，出城的门紧紧关闭着。

看此情形，郑又见知道自己是没法进城了，只得折返到附近的一个小驿站想办法。钱他是没有，再加上身上这破衣裳，肯定不可能过关。

郑又见最后趁着没人注意的时候，在一户人家后院的绳子上，"借"了一套衣裳换上了。衣服有些宽，但还算合身，他本来就长得面貌俊美，穿上干净衣裳，就与普通学生无异了。

八

郑又见是跟着一队有日本留学生的学生队伍过了第一个关卡的，那里是奉天城外的一条小镇道路，没想到也很严格。那些士兵们盘查的时候，对说日语的人比较宽容，快轮到郑又见的时候，他故意用日语与身边的一个女生说话，还算顺利地过了关。

过了这个小镇后,再有大约十公里就到奉天城了。郑又见想着,等到了讲武堂,他就报名参军,决不能让日本人得逞。心中有了想法,奔波了两天的郑又见才又觉得脚下有了劲儿。

"又见君再见。"过了关之后,来了一辆车,郑又见刚才与之交谈的那个女孩用日语与郑又见告别,郑又见愣了一下,才想起刚才为了躲过盘查,他用日语与这个女生进行了自我介绍。

"再见,田静小姐。"郑又见礼貌地回应,他对日本人实在没有什么好感,所以也没有多看眼前这个女生一眼,更没有想到,这位静子小姐是几年之后影响了他命运的人物。

郑又见不是真的日本学生,自然也就没有车来接他,为了安全起见,他也不敢贸然去坐日本人的车,他只能跟着那些过了关的普通百姓一起步行前往奉天城。

牛二是在中午太阳很大,郑又见独自在一棵树下休息的时候,忽然袭击他的。

牛二从郑又见身后袭了过来,健壮有力的双臂勒住郑又见的脖子就把他往树后面的深草丛里拖!郑又见下意识地双手扒住牛二那坚硬如铁的手臂,因为脖子被勒得很紧,力气上又不是牛二的对手,竟没发出一点儿声响就被牛二拖进了路边长满深草的沟里。

离路边越远,牛二的手臂就越用力,郑又见感觉到了他的杀意,虽不知此人为何忽然袭击自己并痛下杀手,郑又见还是用最后的求生本能腾出一只手,抽出了一直贴身藏在腰间的匕首,用最后一点儿力气刺向牛二的手臂!

牛二虽然闪了一下,但锋利的匕首还是在他手臂上划了一道口子。他吃了痛,下意识地松开了手,郑又见趁机挣脱他的钳制并举起匕首自卫:"你是谁?为什么要杀我?"

牛二捂住伤口,听到郑又见这么问,愣住了:"你不是日本人?"

"不是。"

郑又见见他这样问,才稍稍松懈了一点儿,但匕首仍然指着牛二:"你为什么要杀我?"

"我不是要杀你。我是要杀日本人。"

牛二见郑又见也是中国人,也不欺瞒:"我刚才在你后面,听到你说日本话了,以为你是日本人。"

"我不是日本人。我家在龙口城。花家。"郑又见脱口说出自己家在龙口城的时候,愣了一下,随即苦笑。原来,一直把龙口城当成了自己的家,只可惜,那些事情让他再也做不成花家的人了。

九

"龙口城我知道,花家没听说过。"牛二很是沮丧地坐在地上,有些笨拙地处理伤口。郑又见见他无意再伤害自己,便用匕首从自己的衣服上割了根布条,走过去帮他把手臂上的伤口包扎起来。

牛二看着这个刚才差点儿被自己错杀的少年,竟然不

第三章　夫妻决裂

顾前嫌地帮自己包扎,回想起这两天的经历,一时竟然哽咽起来。

郑又见不知道这个高壮的汉子为何忽然悲从中来,只是默默地继续给他包扎伤口:"你为什么要杀日本人?"郑又见想,问个明白也好,知了底细,才好判断他是敌是友。

两天前,奉天城外兴隆村,牛二正在地里收玉米。今年老天爷雨水给得及时,收成还可以。他打算收完玉米,拿一部分卖一点儿钱,带着妻子柳叶与女儿桃儿去奉天城里见见世面。柳叶做他的婆娘多年,他一个孤儿,真没少让她吃苦,可她一心一意地跟他过,是个难得的好婆娘。还有他的宝贝女儿桃儿,柳叶身体不太好,他俩就生了这么一个宝贝闺女,才十岁,又勤快又乖巧,看着她都觉得日子过得有劲儿。

那天牛二有些贪活儿,就想着赶紧干完,收了玉米又翻了地,最后实在累得不行了坐下想休息一会儿,没想到就睡着了。

他醒来的时候,赫然发现不远处的村子里到处都是火光,他拼了命往家里跑,却只看到了血泊中的柳叶,还有他的桃儿!

"我的桃儿!我的桃儿!她才十岁!才十岁呀!"想起受辱后惨死的妻子和女儿,壮硕的牛二再也无法控制自己的眼泪。

看着这个壮硕如牛的汉子,竟然像个孩子一样悲痛欲绝,郑又见的手握成了拳头:"简直灭绝人性!"

"我们村,除了我,一个活口都没了!"牛二真是恨得咬断钢牙,当时看到妻儿惨死的他,愤怒至极地用镰刀杀死了两个纵火的日本兵后逃了出来。村子里已经被日本人封锁了,日本人好像在兴隆村放了什么东西,一卡车一卡车地往里运,守卫的士兵非常多,他连回去给柳叶和桃儿收尸的机会都没有。

他心里越想对日本人就越恨,便想着拼了这条命,见了日本人就杀,什么时候杀到自己也死了算完。

昨天牛二发现很多日本人都穿上了普通百姓的衣服,他不知道这些日本人要做什么,就跟着日本人,想瞅着个机会能杀一个是一个。刚才对郑又见动手,也是因为误会郑又见是日本人。

"对不起呀,小兄弟,我差点儿就把你给杀了。我叫牛二,家是兴隆村的,不过现在村子没了。"牛二抹了一把眼泪,有些不好意思地向郑又见道歉。

"也怪我故意装成日本人。我叫郑又见。"

郑又见沉吟了一下,决定将自己听来的消息告诉牛二:"日本人要侵略中国,最近几天可能就要攻打奉天城了。"

"狗日的!"牛二虽然不懂什么国家大事,但那些日本人竟然杀死了全村人,那样对待他的柳叶和桃儿,那些狗东西肯定不会对老百姓做什么好事!

十

"我打算进了奉天城,去讲武堂报了信就去参军,国难当头,身为中国人,我不能置身事外。牛大哥如果不嫌弃,不如

与我一起去参军吧，咱们拿了枪，一起把日本人赶出去！"郑又见孤身走了两日，一路上种种艰险，令他更坚定了要参军的决心。此刻见被日本人害成孤家寡人的牛二，也有同病相怜之感，于是也对牛二放下了戒备。

"我牛二啥也不懂，只要能杀日本人，我干什么都成！"牛二看郑又见年纪虽小，但说出来的话却极有见解，便也信任起他来。

郑又见、牛二两人结伴同行，一起到了奉天城下。要进城的人很多，盘查却十分严格，二人也只能在城外等着。等待的同时，二人发现城下的百姓里混着很多穿着百姓衣服的日本人。郑又见预感可能要有事情发生，心中不安焦急，但也只能提醒牛二警醒一些，日本人好像要做什么事。

天色渐晚，城门将关。最后一拨盘查的人，恰巧轮到了郑又见与牛二，郑又见拉着牛二跟着日本人装扮的假百姓，想再次扮成日本人混进城里。

"站住！你俩是谁？"混在人群里的日本人显然并不是普通的士兵，郑又见与牛二被发现了，三个日本便衣围过来逼问郑又见，郑又见赶忙用日语说自己是日本留学生，在讲武堂读书的。日本人半信半疑，再问牛二，牛二支吾着说不出日语，那三人抬手便掏枪要射杀牛二。

郑又见赶紧用日语解释着这是自己找来做保镖的中国人，一边将牛二拽到了一边，日本人的子弹打在了牛二的脚边，牛二的脸都白了。

正胶着之时，轰隆一声巨大的炮声从城北那边响起，所有人一愣之后,都睁大眼睛往北边看过去。而原本还打算射杀牛二的枪口忽然调转了头,对准了正在盘查的中国守门士兵。守门的士兵正被城北的炮声惊扰,没来得及反应,日本人几乎一枪一个,几个离得近的守门士兵相继倒下。

枪声响起,士兵倒地,人群顿时哄乱起来,着便衣的日本间谍们混在哄乱的人群里向守门士兵逼近。

守城将领见情况不对,马上指挥士兵关城门,慌乱的士兵们毫无准备又被射杀了几人,无奈中也只能开枪抵抗。枪声响起,人群顿时混乱起来,都拼命地往关了一半的城门涌过去,郑又见和牛二加入到混乱的人群中,牛二见日本人太嚣张,便赤手勒断了一个日本人的脖子,郑又见捡起那个日本人的枪,拉着牛二赶紧往城里跑。

混乱中,守城的将士们勉强控制住了局面,但身着便衣的日本人却盯上了刚才在混乱中下手杀日本人的郑又见和牛二,几个日本便衣兵盯着二人追杀了过去。

第四章　爱恨难平

一

进城之后，郑又见、牛二暂时躲进了一个暗巷里，日本人在后面穷追不舍。

郑又见细想一下，觉得二人在一起目标较大，于是提议分开跑："牛大哥，我对城里比较熟悉，一会儿我跑出去引开日本人，你找机会赶紧跑。见了日本人别太冲动，沉得住气才能杀更多的日本人。"

牛二一听这小兄弟竟为救自己要引开日本人，自是不愿意："小兄弟，我俩虽然认识没多久，但你讲义气，我牛二也不能害你。刚才是我冲动了。现在我去引开日本人！"

"牛大哥！我对地形比较熟，我有信心让他们追不到我。你要是觉得过意不去，如留得性命在，请到龙口城的花家找我爹，时局动乱，危急时还望牛大哥能护我爹几分。"

郑又见拉住牛二，语气十分恳切："花家拜托你了！"

郑又见说完，拔腿便跑了出去，他的脚步声引起了日本人的注意，顿时都向他跑的方向追去。

黑暗中，牛二紧紧握住了铁拳。

凭着在奉天城里生活学习过三年的经历，郑又见险险地躲过了日本人的追捕。城北枪声依旧，城西也枪声点点，整个奉天城的街道上，似乎都布满了恐怖。

郑又见在黑暗中，抄着小路就往讲武堂的方向走，但走到一半，郑又见便没再往前了，大路小路上的关卡越来越多，穿便衣的日本人，小队跑过的国民党士兵，个个都荷枪实弹。显然，就在刚刚，日本人已经行动了，此时再去报信，意义已不大。而且越接近讲武堂，日本人就越多，郑又见预感讲武堂可能已经沦陷了。不知道那些与他一样，有着热血报国之志的同学现今如何，郑又见决定去东大营。那里是军队，眼下局势如此紧张，他去用讲武堂学生的身份参军，应该不会受到阻碍。

快到东大营的时候，远远便看到东大营的方向火光冲天，不止是东大营，连附近的居民区都着火了，火光中还有枪声与民众的惨叫声。郑又见停下脚步还没怎么反应过来，便被从东大营方向逃过来的人潮冲到了路旁。

"快跑呀，日本人见人就杀！"

"东大营都被人烧了，根本没人管我们！"

"爹！娘！"

"他爹，咱们不能丢下我们的孩儿！我得回去找他！"

哭泣的孩子，痛失娇儿的父母，慌乱无措的人们如同狂涌的洪水从郑又见面前卷过，又将他席卷入其中，他有些恍惚地跟着人群逃跑着，似乎眼前的一切只是一场梦。

两天前他还不太情愿但却有些欢喜地等待与花火成亲，

此刻却身陷痛苦的河流中,仿佛那只不过是一个短暂的梦。但郑又见却又真切地明白,这并不是梦,这是真实发生的。他在讲武堂学过的那些历史,老师们预测的战争已经到来了,再也不只是一种预感与假设了。

二

奉天城炮声响起的时候,"九一八"事变发生的时候,花火还在来奉天城的路上。

战火没有烧到龙口城,但是花火这一路也并不太平。打尖住店、路边小憩时,总能听到人们在悄声说着日本人的野心与嚣张。国际形势什么的,花火是不太懂。她一向被父亲娇惯着,郑又见也总让着她,这二十年来,她活得顺风顺水,倒真没经历过什么磨难。

乍一听说日本人要侵略中国的时候,花火愣了一下,心想,只要不欺负她爹就好了。随后的一路上,又听说了许多,说奉天城外,有几个村子都被日本人杀光了,政府也不管,百姓们都不知道往哪儿诉苦去。

当真经过了一个已经空无一人的村子时,空气中弥漫着鲜血与火药的味道,花火心里这才有些慌了。日本人这比土匪还狠,什么江湖道义都不讲,不知道郑又见怎么样了?

想到郑又见,花火心里才真是急了起来,郑又见去奉天城,奉天城打起来了,郑又见又整天说要参军报国什么的,战场上那子弹可不长眼睛!万一……

幸好，花火一路上一心只想找到郑又见，没像以前在龙口城那般见到什么都要去凑一凑热闹，倒是省了许多事儿。而且她身着男装，身上银两也带得足，一路上花钱打点关卡，倒也顺利进了奉天城。

花火并不知道，此时奉天城已经失守，守奉天城城门的已经是投靠日本的伪军了。进了城花火打听了一下，就直奔讲武堂，但还没进门呢，便被讲武堂门口关卡的日本兵拦住了："站住！不许进！"

花火一愣，正想掏钱，却反应过来这些人穿的并不是国军军队的制服，口音也像日本人，而门旁赫然挂着日本的国旗！这要是在龙口城，花火肯定就闯了。可这是奉天城，郑又见说过，奉天城与龙口城不同，真要是出了什么事，日本人根本就不买政府的账。

花火咬咬牙，强忍住了。心想：讲武堂被日本人给封了，郑又见应该也不在讲武堂了吧？他是断不会与日本人为伍的。

人生地不熟，花火找了一处还在开业的饭馆，要了一碗面，坐在角落里，一边吃一边想怎么才能找到郑又见。一路上她心里记挂着郑又见，只想着找到郑又见时她得收敛着点儿，别没找着人自己也没保住。怀着这样的想法，花火一路上竟没惹什么事儿就安全到了奉天城，花火连自己也没意识到她对环境似乎有着天生的适应能力。

在龙口城，她是想起一出是一出的任性大小姐，连土匪窝都是说闯就闯，但离开龙口城之后，遇到的人、听到的话都入

了她的心。她也知晓时局动乱,自己要在这乱糟糟的情况下找到郑又见,就不能慌张不能出事。这就好比她以前练习用绣花针打苍蝇,苍蝇越乱,她就越要冷静。

唉,用苍蝇来比喻郑又见是不是不太好?切,有什么不好!他竟然敢逃婚都不和她商量一声,没把他比喻成蚊子就不错了!

花火吃着面胡思乱想着,忽然看到了饭馆门口的两个叫花子,沉思一下,忽然有了主意。

三

花火吃完面,买了两个包子,给那两个叫花子一人一个,然后问他们,城里的叫花子有多少个,一般都在哪儿。她想做点儿善事,他们若是帮她,自然会有好处。

叫花子一听说有好处,马上说出了城里叫花子的聚集地,花火带着他们到包子铺里买了几十个大包子,让他们带着自己去给大家分。

到了地儿,花火给一群乞丐都分了包子,才说:"俗话说,拿人手短,吃人嘴软。其实我今天来,是想拜托大家帮忙一件事情,我有个弟弟,打小就不争气,这不,前几天又逃婚了。我爹他老人家在家病着呢,眼见都要不行了,嘱托我无论如何得把弟弟找回家去,可是我对奉天城不熟悉,就想让大家帮忙找一找。谁要是帮我找着了我弟弟,我定有重谢。大家吃了这包子,能不能出去帮我找找,晚上我还买了包子在这里等大家的消息。"

花火想到了利用叫花子找郑又见的方法，完全是因为想起了说书先生提到了什么丐帮遍天下，啥消息都知道一些。她虽然是个大小姐，可向来就没有什么大小姐架子，说话也没有高高在上的意思，乞丐们吃了她的包子，又听说晚上还有，于是纷纷答应帮她找人。

花火掏出一个小怀表打开，里面有一张爹和郑又见的合照，是去年爹请了一个洋人给他们全家照相时照的，她指着郑又见给叫花子们看，让他们一定要帮她找着这个"弟弟"。

叫花子们大多都是无家可归的难民，到傍晚的时候，花火真的有了已经沦为难民的郑又见的确切消息。她高兴地将数十个大包子扔给他们分吃，拉着那个找着了郑又见的叫花子往外走。

在城外一座破屋里，花火终于见到了郑又见。她站在门口，确认坐在角落那个衣衫褴褛、不时咳嗽的人真的是郑又见后，停住了脚步。她掏了张票子给带路的乞丐，在门口站了一会儿，才慢慢地向郑又见走过去。

花火在郑又见面前站了好一会儿，因为风寒发烧有些迷糊的郑又见才发现了她。

花火直直地盯着郑又见没说话，她觉得心里难受得紧，十几天来那个翩然少年郎竟变成如此落迫模样，花火心痛至极，可郑又见见了她既不笑，也不站起来说话，反而别过脸去，似是没看到她一般，这让她几日来压抑的怒火与本性就出来了，她抬脚就踢了他一下："喂，郑又见，你是死了还是怎的？看

到我都不吱声!"

郑又见扭过头来看了花火一眼,沉默了一会儿,才说了一声:"你走吧。"

听郑又见这么一说,花火是真的愣了一下才反应过来,郑又见竟然叫她走?她不太相信郑又见竟然会这样对她说话,因为她在郑又见面前一向都是要风得风要雨得雨的,哪里受过他这样的冷遇:"郑又见,你再说一次!"

郑又见看都没看她一眼,还真的又再说了一遍:"你走吧!"

四

"郑又见!你反了你?起来!跟我回家!"

花火一听郑又见竟然又要她走,而且语气还那么冷,心里止不住有些慌乱,她一向在郑又见面前娇纵惯了,仍是习惯性地对他下命令:"有事回家再说!"回到家里,看她不好好收拾他!竟然敢对她这么冷淡!

"滚呀!"郑又见说出这两个字时,是别开脸说的。他从昨夜就开始发烧,刚才都烧到有些晕乎了,听到花火的声音,还以为自己是在做梦呢。

睁眼一看,火儿竟真的就在他的面前,心知她定是回到家后发现他出走,所以当下就出来找她了。依她那性子,路上应该也吃了不少苦吧?可她找来了又如何呢?倘若她知道了当年的事情,回想起今日她对自己的付出,岂不是更加痛苦?

一想到这些,郑又见咬咬牙狠下心,长痛不如短痛,幸而他们只是拜了堂，龙口城人人都知道没进洞房他就被土匪劫了，将来她再找人家也容易些……

"郑！又！见！"花火见郑又见竟然敢叫她滚，一下就出离愤怒了，每每她这样一个字一个字地叫郑又见名字的时候，郑又见就知道她是真生气了。果然，她微凉温软的小手一下拧住了他的耳朵，"你竟然敢……郑又见！你发烧了？"

花火一腔的愤怒被郑又见烫得吓人的体温给吓了回去，她放开拧他耳朵的手，抚了一下他的额头，顿时急了："怎么病成这样都不去看大夫？"花火问完这句，暗忖自己笨，瞧他穿成这样在难民堆里，想必是盘缠没了，可能饭都吃不上，哪里看得起病？

想到这里，花火暂时也忘记了生气，起身就往门外走去。见她起身离开，郑又见紧绷的神经才稍稍地松了下来，望着她的背影有些出神。可花火走到门口又停下脚步回过头，有些恶狠狠地说："在这里等我！你再敢跑试试！"

见她回头，郑又见赶紧别开脸，听她说还要再回来，心里不禁又是一阵酸楚：是呀，火儿发现他生病了，依她的性子又怎会置之不理。她向来视他为私有物，她自己怎么霸道，怎么欺负都行，但见不得他受苦受罪，更见不得别人欺负他。小时候，她把他打哭，回头又送给他最喜欢的玩具，外头但凡有谁敢惹他不开心，那花火就能把那人欺负得以后见了他俩就绕着道儿走。

是呀，火儿，她从小就这样。不想起幼年往事，郑又见还觉得好受些，一想起，心里便更觉难受，既然最终都会辜负，不

如早早了断。

郑又见这么想着，又给自己下了决心。

在动乱而萧条的街上，奔波良久的花火终于敲开了一间药铺的门买到了药，回来的路上又大费周章地绕了路，去买了一些郑又见平时爱吃的食物。找着了郑又见，她觉得心里有了底儿，也没那么慌张了。虽然郑又见的态度有点儿奇怪，但她还是高高兴兴地拿着药、提着他爱吃的东西哄他去了。

五

"你干什么？"花火盯着被郑又见一把扔在地上的药和食物，难以掩饰自己脸上不敢相信的神情，"郑又见你怎么了？你疯了吗？"

"我不会跟你回去，你别白费心机了。"郑又见重新说了一次，随后又别开头不再看花火，他怕自己多看她几眼，会忍不住向她道歉，像以前一样她说什么就是什么。

花火以为郑又见只是难得出现一次的少爷性子又犯了，于是耐着性子捡起药和食物，将一件外套披在他身上："外面现在好像在打仗，日本人在到处杀人，你生气也回去再说，别不挑时候好不？"

花火说这话的声音低低的，还是以往她对付郑又见的套路，不管她惹得郑又见多生气，只要她软下态度温柔和善地哄他两句，郑又见多半就绷不住了："成亲那天的事情，我太任性了，我错了还不行吗？"

她都说到这份儿上了,周围原本并不关注他俩的难民们都开口劝郑又见:"是呀,小伙子,回家去吧。我们是没家了,你有家都不回去。外面的枪子儿可不长眼睛,快回家去吧!"

花火蹲下身子,一双清亮的眼睛眨巴着盯着郑又见的脸:"这样吧,只要你跟我回家,回到家后你说了算,随便你怎么罚我。你知道不知道,因为你跑了,爹都气病了。"

郑又见心里本来就纠结痛楚,见自己这样的态度都没能让花火离开,一时难受至极,一挥手将花火搭过去的外套扔掉:"花火我告诉你,从小到大我被你欺负够了,我再也不想要过那样的日子!我宁愿在外面做乞丐,也不会回去的!我与你只是拜了堂,也未成夫妻。今日此刻我郑又见在此起誓休妻,此生绝不与你成姻缘!"

郑又见一字一句地说着这些口是心非的话,内心片片碎裂。他将心里的痛苦化作愤怒,强撑着因为高烧而无力的身体站起来,绕过花火就往门口走。

花火此刻终于耐心用尽,她暴跳如雷,一把将郑又见抓住,尽管他现在已经比她高,可她还是像小时候那样扬手就往他脑瓜子上拍:"郑又见!你再抽风我真揍你了呀!"

"你不走我走。"郑又见冷着脸,再不似以前被她打那般又是闪躲又是喊痛,而是冷漠地绕过了她,真的往门口大步地走了出去。

花火愣了一下,赶紧追了上去。这一路上她找到他真是不易,她自是不会再轻易放他走。她追上郑又见,紧紧拉住他的手臂:"行行行,不结婚就不结婚,我认了,你跟我回家再说,

行吗?"花火强行平复自己的情绪,想像以前一样先把郑又见骗回家再慢慢收拾他。

"我说过了我不会回去。这么多年,我看透你了,你这个人,霸道蛮横,自私无理,不男不女,我根本就没有想要和你成亲。就算你现在说答应不成亲,回去之后,你还是会欺侮我逼迫我。你是个可怕的女人,我不会和你回去的!"郑又见化疼痛为愤怒,口不择言地数落着花火。

六

花火愣了一下,脾气一下子完全上来了:"你还软硬不吃了? 你是不打不听话对吧? 好! 我就让你见识一下我霸道无理是什么样的!"花火是真急了,挥拳便对着郑又见的脸打过去。若是以往,郑又见就算根本不怕花火这些花拳绣腿,但还是会高喊求饶闪躲逃跑,可他此刻不同于往日的闪躲,反而挺直胸膛受了花火含着火气的几个拳头!

花火这下真愣住了,郑又见宁愿挨打也不愿跟自己回家,他居然还敢说自己不男不女。花火一时伤心悲愤,转身就走。

以往郑又见见她难过,就没有一次不是追着她认错的。但这一次,花火走出了好远,仍听不到身后的脚步声,回头一看,郑又见竟头也不回地往与她相反的方向走了!

情急之下,花火冲着郑又见的背影喊了狠话:"郑又见!你今天要是敢走! 我就再也不原谅你了!"

这一声狠话,把花火一直以来压抑的担心与难过都用上了，听得本来伤心难忍的郑又见只觉得一口闷血差点儿就涌上了喉咙。但郑又见只停了一下脚步，仍然头也不回地继续往前走。

花火此刻难过至极，觉得自己尊严全无！她都追来了，还这样一再妥协求他了！她花火什么时候求过别人？可郑又见竟然如此固执！

花火觉得自尊受损，眼看郑又见一步一步地走远，心里虽生气难过却无可奈何。她气得自己往前跑了几步，又想到他还病着，手里肯定也什么东西都没有，又转身跑向了郑又见，一下拦在他的面前，将手里的包袱狠狠地砸向他："郑又见！既然如此，你我从此之后恩断义绝！"说完之后，她怕郑又见又会将包袱给自己，赶紧飞快地跑了。

郑又见站得笔直，面无表情地看着花火的身影消失在路的尽头，变成一个微小的影子，然后完全消失。他慢慢地弯腰，把那个属于她的包袱捡了起来。以他对花火的了解，他知道，她是真的伤心了。可就算伤心了，却还是记挂着他，都走了还回头假装生气，用手里的行李打他，为的就是把盘缠都扔给他。

郑又见紧紧地把包袱抱在怀里，两行清泪潸然而下，可他没有去擦，也没有哭出声音，只是紧紧地抱着包袱，跌跌撞撞地继续往前走。

几天前，龙口城正在顾家与顾家齐商议剿匪救女之事的花子敬正焦急，顾皑之回来了。他一进门看到花子敬，便忙向

花子敬邀功吹牛自己把花火救了回来。一听顾皑之居然把宝贝女儿从土匪窝里救了回来,花子敬喜难自禁,狠狠地夸了顾皑之,说顾家齐教子有方,虎父无犬子。

顾家齐是知道自己儿子的根底的,可见花子敬这样夸奖,又不必再出兵上山,也是十分高兴。一番客气寒暄之后,花子敬赶忙回家看女儿。

可花子敬回到家,女儿没见到,倒是撞见了一桩丑事。

七

花子敬进了家门,便直奔花火的房间,可房间里空无一人。又去了新房,也不见人,便急匆匆地要找姨娘小十一问。一路上他也没跟下人打招呼,也没察觉出今天下人们都挺安静。

走到小十一厢房外的时候,一阵男女不堪之声便传入了他的耳朵!花子敬一愣,男人的直觉让他停下了脚步,也不敲门,抬起脚狠下劲儿把房门踢开了。

门开的瞬间,房间里床上的女人一声尖叫,一个光着身子的男人哆嗦着滚下床来,那不是花家的管家肖西门还是谁!

花子敬自是气得脸都青了,随手拿起一只凳子就要砸过去,小十一却衣衫不整地从床上爬下来护着肖西门:"老爷真的要打吗?"

"你竟敢偷人!我还不能打吗?"花子敬信奉和气生财,身为龙口城首富却素来和善,此刻也被小十一气得浑身颤抖,手里的凳子就要砸下去。

"好，那老爷打死我吧。老爷自己不是个男人，子孙根没用，十一娘活着也没什么意思！"小十一这么一说，花子敬愣住了，难堪得让他难以自控。这件事情，他确实自卑。二十年前那夜，他在听到消息后飞奔去郑家的路上，一颗流弹打穿了他的裆部，娶了小十一，也不过是想掩人耳目罢了。此刻小十一语出讥讽，花子敬也无可奈何，只得放下凳子："来人！"

"老爷！你要如何？"小十一慌了，赶紧一边穿衣一边扑过来问花子敬。

"不守妇道，背信弃义！自是要送官沉河！"花子敬咬牙切齿。既然小十一要将此事说出来，那他也不必再护着她。已经被叫过来的几个下人听花子敬这么说，就要去找绳子捆小十一和肖西门二人。

"老爷！西门有话要说！"

肖西门已经快速穿好衣服，一脸阴沉地望着花子敬："关于大小姐的身世。"

听肖西门这么一说，花子敬顿时神情肃穆:肖西门知道了什么？不管肖西门知道了多少，关于花火的事情，花子敬向来都会多在意几分，于是他挥退其他人与肖西门密谈。

以前花子敬内心痛苦，喝多时经常向小十一说一些话。小十一把那些话告诉了肖西门，肖西门自己整理了一下，虽然不是全部的真相，倒也猜得八九不离十。

肖西门说自己早料到会有今日，所以早已做了准备，只要自己死了，这事情将大白于天下。到时不知道顾署长会不会

念及兄弟之情饶了你花子敬,还有本来是郑家后人的花家大小姐。

肖西门竟然知道花火的身世,这让花子敬措手不及。但他最后也难以估量顾家齐在知道花火是郑家后人之后的做法,为了保护花火,花子敬也只能借着"家丑不可外扬"的台阶,把肖西门和小十一都给放了。

肖西门与小十一一时得意,借着大小姐与姑爷都不在,花子敬又因为这连续的打击身体抱恙躺在床上,二人有恃无恐,竟也不顾忌,嚣张地想成为龙口酒业的新主人。

八

花子敬病了几日,请了大夫也不见好,顾家齐派人送来了礼,花子敬想起这其中的关系,记挂着不知所踪的女儿和养子,一时病得更厉害了。

花家大小事宜,此刻都归了小十一和肖西门,二人不免有些忘了形,想一不做二不休,趁花火不在,把病中的花子敬解决掉。两人商议了办法,煎了药正准备动手,一个下人忽然飞奔着跑过来:"大小姐回来了!"

一听到花火回来了,小十一吓得手一软,一碗加了料的药全都摔在了地上,肖西门也愣住了。

花火平时是娇气任性,可对花子敬和郑又见都是护到了骨子里的,而且花火虽然爱玩爱调皮,却并不是那种不学无术、单纯无知的大小姐,所以,小十一怕她,肖西门也顾忌她。

花火一进门，便闻到了药味，眼睛一扫小十一与肖西门的神情，只凭本能的直觉，便察觉到了家里的不寻常。

她虽然脾气大，但心眼却不粗："我爹病了？这是什么药？味道有点儿怪。"

见花火这么问，小十一吓得有点儿哆嗦，还是肖西门冷静一些，赶紧从怀里掏出药方递给她："姑爷走了，大小姐也走了，老爷担心你们，吃不好睡不好，受了风寒就病了。这是大夫开的药方，小姐你看一下。药洒了，我再去重新煎。"

花火接过药方，看了一眼肖西门："去吧。"

肖西门走后，小十一赶紧叫人来收拾，花火觉得她有点儿慌乱，但她急着先去看生病的父亲，也没仔细想缘由。

花子敬见到花火，病顿时好了大半，拉着她嘘寒问暖，不舍得责怪半句，见她不愿意提起郑又见，心知大概是养子心有顾忌，二人闹别扭了，也没舍得再多问，叫人给她梳洗换衣裳，又叫人赶紧做了她爱吃的饭。父女俩在连续多日的大闹腾后，终于一起吃了一顿还算是安心的饭。

父亲休息之后，花火才回到了空荡荡的新房。她很累，但是想起郑又见，心里又是委屈又是生气。看着布置新房时，郑又见自己搬过来的书、素描板等物什，心里更是难过了几分。在人前逞强惯了的她，此时才趴在桌上，任由柔弱无助的眼泪掉了下来。

哭了一场，花火虽然感觉好些了，却仍然睡不着。本来应该是新婚之喜却演变成这样，新房里的东西，也是越看越气闷，干脆到院子里透透气儿。

走了一会儿,却发现竹林后面的花圃有动静,似是狗在呻吟,十分痛苦。院子里经常有狐狸进来偷东西,花火顺手便将别在袖口的绣花针射了出去。只见银光一闪,一根针穿过一连串的树叶钉在了花圃边那只挣扎的小动物身上。

九

花火走进了竹林,发现一只狐狸口吐白沫已经快断气了。花火眼睛一眯,蹲下身去,看到自己的绣花针只不过打中了它的前腿,根本不会致死。再仔细一瞧,垂死的狐狸旁边,半埋着一只被吃了一半的猫的尸体,尸体旁边还有一些碎碗片。

花火借着月光辨认了一下,认出那猫是小十一平时养的那只。再回想起下午她刚回来时小十一惊慌的神情,还有她匆忙要去看多多时,这只猫正在捡一只滚到药汁里的线球,一些细节电光火石般闪进了花火的脑海,她顾不得思虑更多,拔腿便向花子敬的房间跑去。

肖西门与小十一确实要动手了。花火回来了,他们知道,再不动手就晚了。于是决定一不做二不休,今夜就把花子敬和花火都解决掉,从此彻底霸占龙口酒业。

花火赶到的时候,小十一和肖西门刚刚进了花子敬的房间,小十一拿着药,肖西门示意由自己勒住花子敬的脖子,再把药往里灌。

花火是从窗户翻进去的,人进去的同时,手里的绣花针也出手了,那些绣花针快准狠地没入了肖西门的手背,肖西门疼得低声惨叫,小十一还没反应过来,手上也同样遭了绣花针的殃,一碗药再次掉落在地上四分五裂。

这时候,熟睡的花子敬才醒了过来:"火儿,怎么了?"

"你们胆儿也太肥了! 当我不存在呢是吧?"花火也不回答父亲,一脚把肖西门踢倒在地,再反手给了小十一一个耳光,"想害我爹! 你们当我死了吗?"

花火又赏了肖西门和小十一几枚绣花针,找来绳子,将疼痛难忍的小十一和肖西门都绑了起来:"说! 怎么回事?"

"老爷! 你答应不杀我们的!"小十一跪着求花子敬,肖西门忍着疼也望着花子敬:"老爷,别忘记了我们在书房里谈的那件事情!"

"你还敢威胁我爹?"花火抬脚就狠狠跺了肖西门一脚,肖西门疼得要命,却知此刻不能再惹花火:"大小姐,饶了我吧。老爷的事情,我保证不会说出去的。"他在暗示花火他知道花子敬的秘密,也示意花子敬要留他一条命在。

对于肖西门的话,花火没理解太深,以为他说的不过是父亲生意上的一些秘密,但她实在见不得父亲平日里十分器重的管家竟然敢对东家下毒手,见他提起什么事情要说出去,花火的火气顿时就上来了,手中银针一闪,一下射向了肖西门的喉咙。肖西门只觉得喉咙刺痛,拼命地想求饶,却发现自己无论如何努力,喉咙里却只能发出沙哑的气流,一点儿声音都没有了!

花火过去扶着花子敬坐好:"爹,你不用担心他说话了,我

把他的嗓子废了。"

十

"火儿!"

花子敬本想责怪女儿一声,何以这样狠心,又想起肖西门竟想要自己命,一时也寒了心:"罢了罢了,让他们走吧。"

"爹,不把他们送官吗?他们要谋财害命,顾伯父饶不了他们!"花火不想便宜了二人。

"几十年相处,谅他们也只是一时行差踏错。罢了罢了,走吧!"花子敬自知无论如何也不能让顾家齐知道花火是谁,既然肖西门哑了,他也不想要他死,心想赶他们走就好。

"今天看在我爹的面上,就饶了你们!给我滚出龙口城,以后别让我在龙口城再见到你们!"

花火平时虽嚣张,但也并非心肠歹毒,见父亲不愿杀他们,她也就算了:"来人,将这对狗男女赶出花家!往后花家人谁敢与他们来往,一律杀无赦!"

肖西门与小十一的事处理完,花子敬父女俩更觉家人的可贵,一时二人都想起了宁愿在外流浪也不愿回家的郑又见。

花火一连几日,不断地回想起郑又见一反常态的冷漠态度,越想越不对劲儿,便去找花子敬询问:"爹,郑又见为啥回家了又出走?他要是真不愿意和我成亲,干吗要从讲武堂回来?到底发生了什么事?"

花子敬听女儿这么一问,拿着账本的手颤抖了一下,看了一眼花火，一时不知如何回答她，低下头想了一会儿才答："兴许是见儿觉得自己年纪还小。你也是，怎么能在婚礼上那样胡闹呢？谁家新郎官是凤冠霞帔坐花轿嫁人的？"

"爹，郑又见真的是因为我胡闹才逃婚的？"花火见父亲闪烁其词，心中狐疑更盛，她觉得这里肯定有什么她不知道的事，于是继续执着地追问花子敬，郑又见为什么会出走。而花子敬的想法是，养子已经为此事离家出走，他更不能再告诉花火真相。花火要是知道了，以她的性子，还不知道要闹出什么事来呢。

花火从父亲处得不到答案，自己也苦思不得。正好顾皑之来找她逛街散心，便想起了顾皑之的父亲——花子敬的世交老友顾家齐，爹不肯说，也许顾伯父知道原因，会问出一些什么呢。于是便对顾皑之说，街不逛了，倒是回来后都没去拜会过顾伯父，不如去顾家玩。

顾皑之一听说花火要到自己家去玩，当然十分高兴。到了顾家，花火借口要吃点心让顾皑之去买，就这样把他打发走了，于是她便直接撒娇地向顾家齐询问，郑又见和她爹是不是有什么秘密瞒着自己，为什么郑又见要悔婚还要离家出走？

花子敬一直以为顾家齐不知道花火的身世，但顾家齐行走江湖多年，又在官场沉浮十数载，老谋深算，花子敬身边他自然安插了自己的眼线。

郑又见回家与花子敬密谈那晚，他就已经收到消息了。他既是郑家灭门又是刘家家破人亡的主谋，自然不会告诉花火真相，但他也不晓得花火与郑又见到底知道了多少。面对

一无所知的花火,顾家齐说着场面话,只说自己也不知情。

　　花火见问不出个所以然来,也只能失落地回家再想办法。花火走后,顾家齐站在原地,眼睛里闪过了一抹狠毒。

第五章　国仇家恨

一

　　顾家齐派人来请花子敬的时候，花火与花子敬正在吃午饭，并没有觉察到什么，花火听说是顾家齐的生日，还到库房里挑了些新奇玩意儿让父亲带过去。

　　回来后的花火变了一些。她还是像以前那个说一不二的花家大小姐，不容许别人挑战花家的地位和伤害花家，但是，她似乎又不太像以前那个任性妄为的花家大小姐了。她有好久没到街上去吃喝玩乐了，有空的时候，不是在花园里玩绣花针，就是在发呆。

　　下人们都在安分地干着活儿，谁也不敢去问大小姐到底怎么了。大小姐明明去找姑爷，但到头来却只有大小姐一个人回来了，而姑爷连消息都没有，这还不够说明问题吗？但是，谁又敢去问大小姐这事呢？惹大小姐不开心，那可是吃不了兜着走的。

　　花子敬出门去顾家的时候，在柴房里劈柴的牛二隔着院门看了那边一眼。他来花家多日了。他从奉天城逃出来之后，找了几圈儿都没找着郑又见，就一路奔龙口城花家来了。

他对郑又见还是很佩服的,小小年纪,却智勇双全,为人也正直。心想:郑又见既然托他来照看着他爹,他就得做到。

可是花子敬虽然收留了他,却并不信任他,只安排他在柴房干活,他根本没有接近东家的机会。所以,肖西门与姨娘那事儿,他也没帮上什么忙。幸好花火及时回来救下了花子敬,否则他都不知道要怎么向郑又见交代。

现下牛二心想,得想个办法让大小姐看到他,让他到花老爷身边去,才能好好地遵行郑又见的嘱托。虽然他力气很大,但脑子不灵光,也不知道怎样才能和大小姐说。

牛二正晃着脑袋不知道怎么办,花火忽然向他看了过来:"你是谁?"

家里的下人花火自然都认识,牛二来时花火不在家,算是生面孔,所以她一看到他在院门那边探头探脑,就喝了一声:"出来!"

牛二赶紧跑了过去:"大小姐,小的牛二,才来没几天,是少爷让我来投靠老爷的,现在在柴房里干活。"

牛二特意提了一声少爷,因为听其他下人闲聊时了解了一些花家的事情,郑又见是花老爷的养子,和花大小姐成了亲的事情,他自然也知道。提到郑又见,就是想让花火注意自己。

"郑又见让你来的? 你在哪儿和他认识的?"果然,花火听提起郑又见,就多问了一句。

"是少爷让我来的。小的家人都被日本人杀了,村子也被日本人占了,在奉天城外遇见了少爷,他见小人有力气,就叫小人来投靠老爷。"

牛二诚实的回答，还真取得了花火的信任："你力气大？行！今天就让我看看你力气怎么样。我爹要去给顾伯父过生日，我备了礼物，你帮我爹提着，一路上跟着我爹送过去吧。若有闪失，给我当心你的脑袋！"

"是！大小姐！"牛二这下高兴了。郑又见就是让他跟在老爷身边，这下终于有机会了。

二

花子敬到了顾府，顾家齐竟到了大门外迎接他。

花子敬让牛二把礼物送进去后，就把牛二打发回去了。牛二走了几步又折返了，就在顾家门外等着，他觉得自己这算是受人之托忠人之事。

顾家大厅里，顾家齐备了酒菜，一边与花子敬叙旧一边不停地劝酒。言词间提起当年的兄弟之情，十分感慨："子敬呀，想当年我们拼了命做的事情，今天却被日本人虎视眈眈，而你我都已经须发花白，真是岁月不饶人呀。"

花子敬见顾家齐生日，竟只请了自己一个人，又听他说这些话，心里也是感慨良多："是呀，老了，兄弟四人，就剩你我了。"

借着叙旧，顾家齐一杯又一杯地劝着酒。花子敬眼看自己不胜酒力，便提出要走。顾家齐手一挥叫来下人："喝多了就别走了！又不是别人家，今夜就住这里吧。"说完，顾家齐不由分说，便命人扶着花子敬进了早已经准备好的房间，看花子

第五章　国仇家恨

敬睡下后,示意下人封起窗户并且从外面锁上了门。

顾家齐并没觉得自己多心狠,他目前不知道郑又见与花火知道多少、有什么想法,现下外有日本人虎视眈眈,内有李参谋图谋不轨,他提前控制了花子敬,是防患于未然,以免自己腹背受敌。

门外的牛二,从傍晚等到了二更,眼见三更都要过了,却不见老爷出来,便上前敲门询问,得到的回答是:花老爷今晚留宿顾家了。接着牛二再也问不出什么,于是只能回去向花火复命。

顾皑之从警察局回到家,天已经黑了。听说花老爷在和父亲喝酒,便也想上前去献殷勤,但顾家齐令他下去,他也只好走了。听说花老爷留宿顾家,他正好今天得了件新奇玩意儿,想请顾老爷明天带回去给花火,没想到去找花老爷时却发现父亲正在命人钉上花老爷住的房间的门窗。

顾皑之弄明白这是父亲软禁了花子敬。思来想去,他还是觉得得告诉花火,于是连夜跑到了花家。

顾皑之到花家的时候,花火刚听牛二说完经过,正奇怪为何两家离得并不远,爹竟然会忽然留宿顾家,只见顾皑之火急火燎地跑进来:"无缺!无缺!不好了!"

"怎么了?"花火感觉不妙。果然,顾皑之气喘吁吁地说:"我爹把你爹给软禁了。"

这还得了?出了什么事?花火没来得及去细想,只知道不能让爹再留在顾家了。

花火跟着顾皑之就去了顾家,二人路上商量着,她在前厅向顾家齐要人，顾皑之就在后院想办法把花子敬放出来，而牛二则负责在门外接应。

花火和和气气地对顾家齐说："顾伯父，我听说我爹喝多了，我就来接他了。就不给顾伯父添麻烦了。"

三

顾家齐是什么人，从顾皑之和花火一起进门开始，他就知道自家那臭小子胳膊又往外拐了，老谋深算的他一下就识破了二人的声东击西。

于是，顾家齐前堂对花火说花子敬刚才酒醒了，已经回去了，兴许是路上和花火错过了，大概现在都到家了。顾家齐敷衍着花火，后堂那边，却干脆命人将他那吃里扒外的儿子也关了起来。

花火碰了个软钉子，只有悻悻离开。但她也不是那种见到困难就退缩的人，出了顾家她就去找等在后门的牛二，见牛二独自一人在那儿，便猜到顾皑之肯定没成功。

花火咬咬牙，领着牛二回家去，一不做二不休，把家里的壮年下人通通都带上，还找了把父亲藏在书房抽屉里的枪，浩浩荡荡地上顾家要人去了。

这一次，顾家齐连门都没让她进，只让荷枪实弹的一小队人把顾家门口团团围住："署长出门不在，请花小姐改日再来！"

花火真是气得不行，爆脾气上来了差点儿就开打，可是自

己带的人手与对方实在是力量悬殊,只得咬咬牙又回了花家。

回到花家,花火在大厅里团团转,内心极其焦急,无奈暂时也想不出什么办法来。

牛二见状,便小心翼翼地问:"大小姐,要不,咱去把少爷找回来?他读书多主意也多,肯定有办法的。"牛二虽然与郑又见相处的时间不多,但是对郑又见是十分佩服的。

牛二这么一说,花火的心动了动,但随即又冷了眼眸。回想郑又见在奉天城外一而再,再而三地对自己的冷酷,再加上她一向在郑又见面前高傲惯了,为了自尊,她摇头拒绝了牛二的提议,挥挥手,让大家都先退下去休息。

父亲被顾家齐莫名其妙地软禁了,花火自然难以入眠。她回到房间,辗转一夜,终于想到了一个办法:顾家齐有人有枪,她花火也可以找人找枪呀。

第二天一早,花火去账房提了一大包银子,带着牛二就直奔长山寨。不就是人吗?长山寨有土匪,她有钱。用钱把土匪买过来做人手,她不就有人了吗?

关大雷这十几日,真是过得心神不宁,不知道为什么,他总想起花无缺那张又俏又嚣张的小脸。正想着要不要下山去找她叙叙旧,便听小哨来报:"营长!花无缺公子来了!"

关大雷一听,真是喜出望外,也顾不得什么身份面子了,起身就亲自迎了出来:"哈哈哈哈,无缺这是想我了吗?"

花火见了他,也不跟他多废话,银子往桌上一放:"关大哥,今天我来找你,是有一事相求。"

关大雷这会儿眼里只有花火,连银子都只是瞟了一眼就算了:"无缺说什么话!你的事就是我的事!有事你说话,关某赴汤蹈火在所不辞!"

"有你这句话就行!我爹被人关了,我需要人手帮我把他救出来。"花火也爽快,直接说出了自己此行的目的。

四

"哈哈哈。谁这么大胆子?我关大雷的老丈人都敢抓,他是活得不耐烦了!"关大雷这十几日来是一心想着娶花火做媳妇的,见花火这会儿来求自己,便不再顾忌。

"什么老丈人?"

花火清亮的美眸一瞪关大雷,让关大雷的心肝都打了个颤,越发觉得喜欢她了:"你爹呀!我可是要娶你的,你爹可不就是我老丈人?"

"谁答应嫁你了?"花火眼一瞪,关大雷却更高兴了,哈哈大笑:"你这不是来找我了吗?放心,我关大雷的老丈人,谁也不敢动!"

"别乱说话。我给你钱,你给我人手,没嫁娶什么事儿。"

花火看关大雷自鸣得意,很是鄙视:"你是土匪,我有钱。土匪拿钱办事,这不两清吗?什么嫁呀娶的,你想得太多了。长山寨的土匪都这么个德行吗?见个女人抢,不由分说就要娶,还说什么江湖义士呢,这么干不是连普通盗贼都不如吗?"

花火一番嘲弄,说得关大雷的脸都快挂不住了,但他不知道怎么的,就是觉得花火这出口不逊的样子让他喜欢,他心想

着,帮了花火,往后这多少也算个恩情,慢慢的花火也就能看到自己的好了。

于是他摆摆手爽快地答应了:"行行行,不说就不说。你这活儿,我关大雷接了!不过不要钱,全当是朋友义气!"

花火把一大包银子往旁边的半神仙手里一扔:"你不要钱,兄弟们也得吃饭。我这活儿可不是抓鸡追狗,得上真格的。"

"无缺你小瞧了关某!"他关大雷要人有人要枪有枪,龙口城里怕过谁?

"我要对付的是顾家齐,龙口城的署长。"花火亮出了对手。

关大雷一听说顾署长的名字,面色也凛了凛,随后吩咐半神仙:"让兄弟们都带上家伙,吃饱喝足,咱今晚去干票大的!"

关大雷选择了夜袭顾府,傍晚前就与花火等人乔装进了城,先去踩了点,做好布置与埋伏,三更一到他便冲在前面,一出手两枪就撂倒了看门的两个士兵。

枪声一响,屋里正要就寝的顾家齐面色一凝,快速地披衣起身:"来人!"随后,顾府内外,枪声一阵一阵响起。

关大雷固然厉害,但顾家齐身为一方署长,自然也不好惹,他快速以剿匪之名集合了府内的武力与关大雷对峙。

花火此时带着牛二,从被攻开的后门进了顾府,避开士兵,找机会就往里寻找花子敬。花火虽然一向大胆惯了,可这阵阵的枪声,还有见到的几个被枪杀的士兵,让她心里还是感觉有些怕,但为了救父亲,她也只能硬着头皮往里闯。

双方胶着之时,顾府外忽然打杀声四起,关大雷还没反应过来,就见受了伤的胡二奎跌跌撞撞地跑过来:"大当家的,我们被包围了！"

顾家齐也得到了消息，他一开始以为是援兵到了，正想去迎接，却又忽然长了个心眼儿，叫身边的副官先去看看，结果副官一出去就挨了枪子儿，紧接着，顾家齐听到了李参谋的声音！

五

顾家齐虽是龙口城的署长，但是这几年，他在官场上越来越不得势，龙口城的武装一直由上面派来的李参谋控制。李参谋可不是省油的灯，素来就想杀掉顾家齐取而代之，近日日本人发动侵华战争，李参谋有意亲日，私下更是与日本人接触了多次。

顾家齐知道，今晚李参谋是等来了机会，他想趁着顾家齐与土匪双方对峙之时，来个一箭双雕，"灭顾剿匪"两不误，坐收渔翁之利。

此前，顾家齐虽早知李参谋居心叵测，却完全没有想到他竟在日本人对龙口城虎视眈眈之时动手，而且巧妙地挑了他正与土匪对峙之时。一时间顾家齐两面受敌，仓促应战之下，眼见溃败难免。

混乱中，土匪们难敌内外夹击的枪火，只得溃散四逃。

顾家齐虽然不用再对付土匪了，但他只有少量兵力，与李参谋对抗，显然敌我悬殊。身边的士兵一个一个倒下，顾家齐步步退败。他终于进了软禁花子敬的密室，但打开门却发现

牛二、花火还有自己的儿子顾皑之，正扶着花子敬欲走。

"外面都是李参谋的人，走不了。"顾家齐用枪指着花子敬，示意他不要动。花火原本也向关大雷要了把枪来着，但她刚才慌乱之中，竟然把那枪给丢了。一时她不禁暗恨自己，想以后就算丢人也不能把枪给丢了。

花火暗攒着手劲儿，正琢磨找机会用绣花针把顾家齐的手给废了。只听一声枪响，顾家齐肩膀中弹歪到了一边，关大雷从他身后冲了出来："无缺，你没事吧？"

"爹！"见父亲中枪，顾皑之赶紧跑过去扶起父亲，"无缺，不要杀我爹！"

"哼！"花火哼了一声，收起手里的绣花针，"我们走！"

"从外面走不了的！"顾家齐忍痛出声，"李参谋早有杀我之意，今晚他这样做，肯定已经思虑周全，你们不可能逃得了。"

花火与关大雷没怎么在意顾家齐的警告，倒是花子敬，毕竟对龙口城里的局势更清醒一些，他心知顾家齐此刻说的不是假话，也推断出来，顾家齐可能另有后着。

"爹！爹！你流了好多血！"顾皑之没顾上这些，想帮顾家齐捂伤口，却又害怕至极地颤抖着。

顾家齐看着扶着自己一脸心痛的儿子，一颗冷硬的心也软了下去，他知李参谋心狠，如抓住顾皑之必斩草除根。一咬牙，回头望花子敬："子敬，我有办法让孩子们走，但你得和我一起留下来。"

花子敬听顾家齐这么一说，知道顾家齐当真有后着，看了一眼紧紧地抓住自己手的女儿，狠了狠心把花火的手扯开：

"只要火儿能安全离开,我留下!"

六

"爹！不要!"花火自然不同意,紧紧抓住花子敬的手不让他走近顾家齐,花子敬轻轻拍了拍女儿的手轻声安慰:"爹没事的。顾伯父和爹都是老江湖了,会有办法脱身的,听话。"

花子敬素来娇宠女儿,很少让她听话,一般都是让大家多让着大小姐一些。花火此刻心里难受至极,却也不知如何是好,只紧紧抓住花子敬的手不放。

花子敬见状,用力掰开她的手,大步走向顾家齐并扶住他,将顾皑之一把推向花火:"皑之! 火儿,就托付给你了!"

生死关头,顾皑之更不知所措,只能哭着抓住花火。顾家齐让花子敬走到西面墙边,用力地将一个书柜推开,他自己再走到一边去推开另一个大书柜,只见地砖慢慢地打开,露出了一截台阶来。顾家齐一只手受伤,十分吃力地推着书柜,对顾皑之吼:"快走!"

关大雷见状,赶紧一手拉着花火一手拉着顾皑之往打开的地道口走去,但人还没走进去,只见地道口又开始慢慢合上了!

原来,顾家齐因伤无力再推动书柜,而花子敬也力气不够,机关无法打开。

正着急之时,牛二冲向花子敬:"老爷,这边我来! 你去帮顾署长!"

花子敬赶紧跑过去帮着顾家齐推书柜,双方用力均匀之

下,地道门这才又慢慢地打开了。

牛二见这机关门奇怪,知道自己走不了,便朝花火喊:"大小姐,我定拼命护老爷周全。你若见了郑兄弟,告诉他牛二信守了承诺!"

花火看着拼命与顾家齐推开求生之门的父亲,泪眼婆娑地被关大雷与顾皑之拉着跳进了地道里。门外的脚步声越来越近,花子敬、顾家齐与牛二都松开了手,只见地道口迅速合上,地砖好似从来没有打开过一样。

牛二惶恐地捡起刚才顾家齐掉在地上的枪想拼命,却被花子敬叫住:"牛二,放下枪,过来。"

牛二不知道花子敬的想法,但还是放下枪护在了花子敬面前。

花火一路流着眼泪,在黑暗的地道中跌跌撞撞地从顾家秘道里逃了出来,也不知道走了多久,终于到了尽头,听了听外面,竟十分安静。关大雷一拳砸开了与外面连接的墙,竟是一处废井。废井就在离顾府几条街之外的一处破院子内。

花火出来之后,第一时间辨认了方位,便看向顾府所在的位置,只见那儿已是一片火光。

花火握拳咬牙,艰难地克制前去救父亲的冲动,可她也明白,此刻冲过去,只会让父亲陷入更艰难的境地,说不定性命不保,连找到父亲的机会都没有。

顾皑之则一直在抽泣,无法接受家没了爹没了的现实。还是关大雷清醒些:"快走吧!眼下城里不安全。"

城里发生枪战，城门的兵力似乎都被调走了，花火、顾皑之与关大雷三人得已幸运地逃出龙口城。

但出了城，花火却茫然了。她要去哪儿？无处可去。

七

"快走呀！咋啦？"关大雷见花火停下了脚步，赶紧问。这会儿可不是发呆的时候，万一有追兵，他们三人可不是人家的对手。

"去哪儿？"花火是真的没了目标。

"长山寨呀！你不愿意做四当家，那我把这大当家给你做好了！"

关大雷拍着胸脯邀请花火上山："我说过长山寨随时欢迎你！"

"再大的当家也是土匪！"此刻虽然有些走投无路，可花火到底是花家大小姐，哪里肯去做土匪，但眼下也无处可去，只好同意先到长山寨暂时落脚，"也行，今晚就先到长山寨落脚，明天回城看情况怎样再说。"

顾皑之一向是个没主意的，自然是听花火的。可三个人到长山寨山下时，却发现了情况不对，一路上见到了好几个土匪的尸体，而且长山寨的方向似乎枪声阵阵。关大雷一下就急了，加快脚步往前冲，却与前面跌跌撞撞跑下山的一个人撞了个正着，定神一看，正是胡二奎！

"大当家的！长山寨被人抄了！兄弟们死的死，伤的伤，全没了！"胡二奎一见到关大雷，眼泪都崩出来了，"大当家的

要为我们报仇呀!"

原来,长山寨也被李参谋趁机给剿了。长山寨也回不去了,此地不宜久留,最后三人只得跟着胡二奎,到胡二奎在山下一处村落的相好梁寡妇家暂时落脚。

几个人都心事重重,一夜未眠。花火想起为救自己生死未卜的父亲,更是思虑得整晚不能闭眼。

第二日一早,花火便换上了一身普通的男装,独自回了龙口城探听父亲的消息,但才到龙口城门,便赫然发现士兵们拿着自己的画像正在一一盘查行人,她被冠上勾结土匪、抢烧顾家的罪名,正在被全城通缉。

见此情形,花火只得暂时放弃了进城的想法。她绕了两个城门口,但每一个城门口都在盘查。几经艰辛,花火知道自己是回不了龙口城了。

回到梁寡妇家的花火内心失落焦炽至极。父亲生死未卜,花家也回不去,郑又见眼下也不知道在什么地方。这二十年来,花火第一次真切地感受到了内心的痛楚与孤独。

一行人在梁寡妇家又吃又住,梁寡妇的脸色渐渐有些不好看了。花火将身上戴的镯子耳环给了梁寡妇,嘱咐她帮自己准备一些干粮衣物,准备动身前往奉天寻找郑又见。

这几天的世事骤变,让花火顾不得想心里那点儿自尊与骄傲了。父亲生死未卜,自己成了通缉犯,眼下世间除了郑又见,就再也没有一个亲人了。

顾皑之一听说花火要去奉天城,当下就说要跟着她走。他一直喜欢花火,虽然她嫁了人,可他还是喜欢她。眼下顾府

已经没了,他就算回得龙口城,没了父亲,他估计也落不了好,
所以这天下之大,他也只能跟着花火了。

八

关大雷听说花火要走,愣了一下,随即决定也要跟花火
走。他的土匪窝没了,又一心想让花火做他媳妇,自然也要跟
花火。胡二奎一听关大雷也要跟花火走,一下懵了。

"大当家的,你要走了,我们怎么办?"胡二奎拦着关大雷问。

看着有过生死盟的兄弟,关大雷也不想承认自己此刻有
点儿怂:"我出去找机会,咱们东山再起。你留下,把活着的兄
弟都找回来,等我回来杀了李王八给大家报仇!"

胡二奎听关大雷这么一说,心定了些,答应一定把兄弟们
都找到,找机会把长山寨抢回来。

各怀心事,关大雷与顾皑之跟着花火上了路,但是二人没
走一会儿就吵了起来。

"还大当家呢,连自己的土匪窝都没保住。保不准就是因
为你捣乱,我们才没能把花叔叔救出来!"顾皑之虽然这会儿
已经不是大少爷,但还是觉得自己比关大雷高人一等。特别
是听关大雷总有意无意地说要娶花火做媳妇儿的时候,顾皑
之更是看不上关大雷这个粗野的土匪。

"全龙口城谁不知道顾队长的枪是锈的,看到杀人犯腿
都直打哆嗦还尿裤子! 你那么能耐咋就把我老丈人给关家
里去了?"

关大雷呢,也见不得顾皑之动不动就以花火的青梅竹马自居,他人虽粗,但心不粗,多少也看得出来,顾皑之对花火怀着的心思与自己并无二致。

"谁尿裤子了?"顾皑之涨红了脸,表情窘迫得恨不得咬关大雷一口,"一个土匪还敢想做花家女婿,你要不要脸?"

"脸我是不想要,能让无缺做我媳妇儿就行。"

这下就热闹了,顾皑之言语之间总是讽刺关大雷癞蛤蟆想吃天鹅肉,关大雷呢,则左右看顾皑之不顺眼,总是想给他使点儿绊子。二人斗嘴赌气,让花火烦不胜烦:"都给我闭嘴!"

但花火一声呵斥,也只能让二人消停一会儿,没过一会儿就又吵了起来。花火烦得只能给他们下最后通牒:"再敢在本公子面前乱说一句话,就给老子滚!"

顾皑之比较了解花火,见她出口都自称"老子",明白她是真的生气了,于是乖乖地闭上了嘴。关大雷一听花火一姑娘家居然自称老子,一时觉得她更加有趣,看她的眼神便愈加炽热起来。

花火的心情却没有关大雷与顾皑之轻松,反而越来越沉重。这一路上,三人夹着尾巴赶路,到处都是逃难流亡的百姓,不时听到枪声,每到一处气氛都十分紧张,花火愈加感觉到了时局不同寻常。她很是担心郑又见的处境,不知道一向身体比较瘦弱的他病好了没有?是否遭遇凶险?如此一想,花火找到郑又见的愿望就更加迫切了。

九

花火一行三人到了龙口城与奉天城之间的西关镇。此时三人带的干粮已经吃完了，三人身上的盘缠也已经不够住店打尖，便打算找一处无人的破屋将就一晚。好不容易找着一处，还没进去，便见四五个日本兵一脸满足地鱼贯而出，最后那个还在提着裤子系皮带，身后有一个衣衫不整的妇女拿着一块砖头，跌跌撞撞地从后面冲过来要砸那日本兵，却被日本兵回身一脚踢倒后，抬手就是两枪！

那个可怜的女人瞪大眼睛倒在地上死去，日本人扬长而去。躲在暗处的花火一双漂亮的眼睛顿时闪起了火焰。这是第一次，她亲眼看到日本人如此残忍地草菅人命。如果说那一刻，花火还能冷静下来告诉自己要明哲保身的话，等日本兵走远之后，他们进屋看到地上竟然有一个被刺刀杀死的婴儿的时候，花火顿时出离愤怒！

她握紧了拳头，回头看着日本人远去的方向，咬牙切齿地对关大雷、顾皑之说："是男人就跟本公子来！"

关大雷与顾皑之看了花火一眼，知道她想去找那队日本人为这女人和孩子报仇，关大雷还好，用一种"不愧是我关大雷看上的女人"的眼神看着花火，可顾皑之的腿一下就软了："无缺……"

花火没有理他，径直就追了出去，关大雷赶紧跟上，但没忘了揶揄顾皑之一句："眼下境况不好，也没有多余的裤子换，

你还是找个地方躲着吧。"

顾皑之听关大雷这样嘲弄自己,团团转地犹豫了几秒,一咬牙也跟了上去。

追那队日本人之前,其实花火凭一股打抱不平的怒火,追到一半她已经后悔了,万一这出了什么事,她连郑又见的最后一面都见不上了。

但眼见已经看到了那队日本人,花火又冷静了下来。日本人有五个人,可她只有三个人,她先用绣花针射瞎他们的眼睛,再偷袭过去,也不是没有赢的机会的。

思虑到此,花火挥手叫停关大雷与顾皑之,小声地告诉他们自己的计划:等她出手后,关大雷补枪,快准狠地干掉这几个日本人,然后拿下他们的枪。

借着月光,花火射出了第一枚绣花针,正中领头那日本兵的眼睛。只听一声惨叫,日本人慌了起来,而黑暗中忽然窜出一个壮硕的身影,挥着一把闪亮的刀就干掉了一个惊讶着的日本兵!

虽不知那人是谁,但此刻目标相同,关大雷凭着过人的枪法,用最后两发子弹一枪干掉了一个,花火的绣花针再次出手,帮那个半路杀出来的壮汉干掉了另外两个日本人。

日本人全都倒地之后,花火看向壮汉,只见那一脸是血的人,竟是牛二!

"牛二!"

"大小姐?"

十

见到牛二，花火心中一阵欢喜，因为如果牛二没事，是不是也代表着父亲还活着？但眼下也不是说话之机，刚才响起了枪声，几个人怕附近有日本兵追过来，赶紧粗略地搜了一下日本兵身上的细软与枪，火速离开，四人到了僻静安全之处，才慢慢叙了话。

牛二告诉花火，花老爷与顾家齐并没有死，李参谋本来是想杀了他们的，但顾家齐说，自己有一些可以让李参谋升官的秘密，而花子敬则是龙口城里最有钱的人，但除了花子敬，谁也不知道花家的钱藏在哪儿。所以，李参谋就没有杀他二人，但是把二人都关了起来。顾府被烧掉，李参谋拿到花子敬给的一大笔钱之后，干脆霸占了花家。

牛二本来想把花老爷救出来的，但没有成功。花老爷说李参谋暂时不会杀自己，让牛二出来找花火和郑又见。

牛二是逃出龙口城的，一路上没有盘缠饥饿难耐，也不知道要去哪儿找花火和郑又见。途中偶遇这几个日本鬼子，顿时怒火中烧。之前他就被这几个日本鬼子打伤过，心想一不做二不休，打算最后杀几个日本人就去地府找老婆、女儿，没想到花火他们也在伏击这几个日本人。

花火让关大雷找出金创药给牛二包扎伤口，只见牛二身上，刀伤枪伤虽不致命，却也有三五处，三人都暗暗佩服牛二的勇猛。牛二也知今晚如果不是遇着花火，他以一敌五，八成是死定了。牛二又对花火几人讲了自己的遭遇，表示妻女

第五章　国仇家恨

和村人都死了，他已无处可去，所以就只想着与日本人同归于尽。

花火对牛二已心生敬佩，赶紧制止他说："好死不如赖活着，活着才能为你的妻子、女儿报仇！你如此勇猛，说不定能有一番作为。"花火让牛二跟着她，一起去找郑又见再做打算。见花火如此说，本已生无可恋的牛二自是满口答应，花火一行三人变成了四人行。

此刻，郑又见也正在伏击日本人。

他有人，有二十个饥饿难耐的难民，还有八个有枪的中国士兵。这是他第一次主动向日本人出击，而且是要抢日本人的一个物资小队。

一个多月前，他硬着心肠把来找他的花火赶走了。花火走后不久，他看着花火看似生气实质故意留给他的盘缠，伤心难受了许久。但他也知道，花火如果知道实情之后，他与花火之间不可能有结果的，所以强忍着告诫自己决不能回花家。

因为生病，他抱着花火留给他的盘缠，没走多久就无力地倒在了路边，当他醒来的时候，盘缠早已经被难民流寇所抢。但幸好，花火给他买的是西药，那几颗小药片还在，他吞了那几颗药，又休息了一晚，觉得好多了。

退烧之后，他本来想找支军队报名参军的，可还没找到个靠谱的军队，就被一队路过的国民党232旅给强行征进了队伍里，但是他没有制服更没有枪，只能算是扛包抬物的壮丁。

第六章　千里寻夫

一

郑又见没法按自己设想的那般加入个理想的军队，深感失落。

不管是之前读书时，还是对军队有所憧憬的时候，他都知道民国政府式微，军队装备落后，所以不管是安民剿匪还是保家卫国都差强人意，但他完全没有想过，部队里原来是这样的：老兵欺负新兵，壮兵欺负弱兵，弱兵欺负壮丁。

装备很落后是没错，但是，部队里根本就没个军队的样子。每天都坚持操练的，只有大部队里的一小队精英，而全团最先进的军饷与枪械都首先供给他们，之后才是普通兵，而普通兵里，又多数是从路上抓来充数的壮丁，不时的有逃兵，也不时有食不果腹的难民为求有口饭吃要求进来当兵。

就郑又见加入的班来说，班里一共有九个人，加他是十个，他们负责的是最累最脏的活，行军时扛着几乎全团的锅。营地并不固定，只要上头有命令来，说搬就得立即动身搬。而且他们吃的是最差的，有半个馒头、半碗稀粥就算不错的了。军服只有一套，又脏又破，班里的九个人，有八个人都穿着破

鞋,唯一一个没穿破鞋子的是班长,他穿的是郑又见的鞋,那是花火上次找郑又见时给他买的新鞋。但郑又见入队的第二天,那双鞋子就被班长抢过去了,郑又见的脚比班长大一码,却只能穿上班长的小码旧破鞋,扛着全队最重的东西上路。

这样的部队,这样的军人,怎么打日本人?郑又见充满了迷茫,但却又不知道如何做。

一天半夜,部队驻扎在一个被日本人扫荡过的小镇里。晚饭时,分到郑又见这一班的食物又不够,郑又见一个不留神,饭就被抢吃了。

半夜,郑又见饿得厉害,便想出去找点儿吃的。但被日本人扫荡过的小镇家家关门闭户,哪里找得到一点儿吃的。没找着吃的,倒是在一间破屋里,发现了一点儿动静。

郑又见遇到了之前沦落成难民时结实的几个人,他们在商量一个事儿:想去抢一个日本人的物资小队。一共有二十几个人,都是逃难时死剩的青壮年,但是他们没枪,就只有几把刀。而且大家都饿了几天了,换作平时,谁敢想去抢日本军队的玩意儿,虽然那些东西也是日本人抢来的,但他们没能耐去抢回来呀。可这会儿,实在是饿急了,也只能拼了命了。

于是郑又见走了进去,和领头的霍忠打了招呼:"霍大哥,是我,郑又见。"

"郑兄弟!"霍忠看到郑又见很高兴,在一起逃难的几天里,与郑又见互相关照,算是患难之交,"你怎么来了?"

郑又见诚实粗略地讲了自己去当兵了,但部队吃了败仗境况不好,他饿着肚子想出来找吃的,随后也坦白地问:"进门时我听了几句你们说的话,不知道我可不可以加入?"

二

"当然是人越多越好。"霍忠先是有些惊讶,但他对郑又见是十分信任的,"而且郑兄弟你的智谋非同一般,有你在,我们必能马到成功!"

郑又见面色凝重地说:"日本人绝非等闲之辈,没有枪估计不行。"

"可我们哪来的枪呀?"

"我有枪,但是大家得听我的。"

"只要能成功,听你的没问题!"

那一次,是郑又见第一次真正意义上与日本人对抗,他说服了班长,连夜考察了地形,并且竭尽所能地做好了能做的一切机关与埋伏。

他与二十个难民兄弟,以及小队里十个士兵配合,成功地伏击了一个足足有四五十人的物资小队。但战斗也是惨烈的,难民兄弟们死伤得只剩下九个人,霍忠一只眼睛没了。而十名士兵里,只有四人活了下来。班长也死了,郑又见右肩部中弹。就是因为班长抱着两个从日本人身上抢过来的手雷扔了过去,才成就了此次小战役的决胜关键。随后,收到消息决定选择相信郑又见的团长皇甫昆领兵赶到,救下了生死关头的小队,消灭了最后一个日本兵。

这一战,抢回来的物资虽并不多,但也解了皇甫昆的燃眉

之急。他很高兴地说要升郑又见做班长,却责怪郑又见私下将捡来的日本枪支与部分物资分给了难民。

郑又见心里为死去的兄弟们难过,并没有为自己升官而高兴,他沉吟一下说:"我可以说服他们加入部队一起抗日。"他心知,霍忠他们人数少,就算手里有枪,流落出去,不是被日本人杀死就是沦为流寇,还不如让他们来当兵一起杀敌。

"嗯,你小子还看得挺远。行,原来队里剩下的几个人,再加上你招来的人,以后都归你管,给你编制一个排。"皇甫昆看着胳膊还挂在脖子上,却一身凛然正气的郑又见,隐约看到了几年前的自己,不禁又多了几分欣赏之意。

郑又见成了排长,虽然还是勤务排,但是人人有了枪,也领到了军装。这十三个人都参加过抢日本物资小队的战斗,以二十个人八把枪就干掉了四五十个精编日本兵,其中的患难与共非一般人可比,他们也对郑又见的智谋十分佩服。但郑又见并未感觉到很得意,反而感觉到了一种责任,第二天一大早,就把大家叫起来去训练。

"我郑又见也只是个普通学生,我的枪法不好,力气也不大。所以,在我遭遇日本人的时候,只能是保命与逃跑。但是日本人不会因为我们只会逃跑和保命就放过我们。他们不但要杀我们,还要杀我们的家人,杀我们的同胞,抢走我们的国土,灭绝我们的民族。为什么我们今天会在这里?是因为我们已经没有更好的选择了!日本人把我们逼上了战场,我们不把他们杀回去,迎接我们的就是我们全民族的死亡。不强大,就会死!不想死,就拼命练!"

"拼命练！拼命练！"

郑又见忍着肩膀的疼痛，咬着牙拼命地领队跑步，大汗淋漓中，才稍稍地觉得内心的痛楚似乎轻了些，但愿龙口城的她，此刻仍安好。

三

越接近奉天城，所遭遇的日本兵就越多。花火一行为避免正面冲突，只能不断地绕路，原本骑马不过三五天的路程，花火一行人几乎走了近一个月。

寻找食物变得越来越艰难，因为沿途的村落小镇几乎都被日本人洗劫过了。日本人不但抢走东西，还动不动就杀光所有人、烧光村落，别说村镇了，就是林子里的野兔，都已经少之又少，也许是因为战争它们迁移了，也许是因为活着的难民让小动物们也无法生存。

一开始的时候，还能靠着花火的绣花针打点儿猎物果腹，毕竟野兔野鸡没有，田鼠飞鸟还是有的。虽然后来明白了绣花针要重复使用，但花火带的一小包绣花针还是很快就用完了。而关大雷的枪法再准，子弹也有打完的时候，四人很快就尝到了弹尽粮绝的滋味，也无法在人迹稀少的山林里继续赶路了，他们必须去镇上补充他们最需要的武器。

四人乔装了一下，二人一组不远不近地分别上路，入镇时还算顺利，虽然周围总有一股紧张的气氛，但几个人还是找到了一间关门的绣铺，买到了两包针，顺便还用剩下的一点儿

钱,买了一些干粮。

买好东西之后,顾皑之说实在不想再睡在野地里了,他晚上冻得厉害。花火心想这里还算平静,找一处无人居住的屋子过一夜,明天再赶路也可以。几个人很快在镇子的西边找到一处破宅院,但他们刚刚进去,就听到外面传来了枪声,而且不是一两声,紧接着炮声和冲杀声也都响起了!

关大雷三下两下就爬上了院里的一棵老树,向枪声处观望了一下,下来压低声音说:"打起来了,离我们很近。不知道会不会打进来?"

打起来了?打仗?虽说这段时间以来经历不少,但这会儿花火心里仍有点儿慌,心里又记挂着郑又见,这到处都是飞枪流弹,也不知道他如何了。这样一想,更觉得自己得赶紧想办法找着他。

要找郑又见当然不能坐以待毙,必须要保住命,想办法快点儿到奉天:"赶快分头找隐蔽的地方!被发现前,谁也不许动!"现下逃出去不太现实,只能先找地方躲起来。

四人迅速地找自己能躲藏的地方,花火想了想,顺着关大雷刚才爬的那棵树,三下两下就爬到了屋顶上。关大雷瞪大眼睛看着花火利落地爬树,愣了一下,咧开大嘴笑了起来:"这女人,真带劲儿!"

花火听到了他的话,却置若罔闻。倒是想起了郑又见看她爬树时,总说一句:"你又爬树,小心摔成丑八怪!"或者吓她说:"树上有蛇咬你!"现在想,也不知道他是担心自己会摔下来被蛇咬,还是本来就不喜欢她像个男孩一样爬高下低。

四

遭遇日军与国军的正面交火，花火本来的想法是，他们四人没有武器也不敢妄动，只能赶紧找地方躲起来，尽量不被发现，等着战斗结束再离开。

她爬上最高的地方，一来不容易被发现，二来也能观察战斗的状况。事实证明花火选择了一个好地方，正好可以将双方巷战的情况看得一清二楚。很快，花火发现，明明我方的兵力较强，但因为暗处不断有暗枪射杀我国军队中最勇猛的士兵，所以日本小队虽然人数不及我方军队，可我方军队还是很快被打得毫无还手之力，眼见就要溃不成军。

躲在暗处放暗枪，真是小人行径！花火十分气愤，也忘记了自己近来就属于那种喜欢躲在暗处向人射绣花针的人。

郑又见一直想当兵来着，要是郑又见就在部队里，正勇猛杀敌呢，被人这么一个暗枪打死了，岂不是很冤？这么一想，花火下了决心。她要找出这个放暗枪的人，为了保护国军士兵，干掉他。

凭着多年练暗器的直觉，花火纵观刚才被暗枪射杀的人的位置，成功找到了日军狙击手的位置——也是房顶，就在隔壁的房顶之上。

花火观察了一下自己的地形位置，向就在自己附近的关大雷打了个手势，示意他们以这些天狩猎的方式去杀这个"猎物"。

关大雷很快会意，两人一人一个方向慢慢地向那个日本

狙击手靠近。巷子里的战斗已经接近尾声,国军大败溃逃,日军大胜,狙击手刚站起来,只觉银光一闪,一只眼睛极度刺痛。但他到底是日本部队里的精英,急速打怀里掏出匕首反手甩向花火所在的方向,花火正扬手把第二枚针出手,没敢闪躲,匕首擦着她的脖子下方而过,花火只觉得肩窝间刺痛,随后温热的血便涌了出来。但她的绣花针也没入了那人的喉咙。那人倒下,这动静太大,旁边的观察员跳起来就准备逃跑,但关大雷迎面就给了他的喉咙一刀。

杀了日本人,花火负伤,四人再也不敢多做停留,赶紧离开了。回到了树林里,众人赶紧帮花火处理伤口,关大雷想着花火还是个大姑娘,有点儿尴尬,顾皑之慌张地看着花火的伤口,眼泪都要掉出来了。

花火也没指望他们俩,叫牛二把能处理伤口的金创药拿出来,她在牛二的帮助下自己来处理。关大雷一看自己喜欢的女人竟然露了肩膀给牛二看,哪里受得了,赶紧叫开牛二要自己来,顾皑之见此也赶紧过来帮忙,但花火嫌他胆儿小见不得血把他喝到一边儿去了。

关大雷看顾皑之那委屈样,心里竟莫名畅快,细心地帮花火处理伤口说:"觉得痛你就喊呀。"

花火是大小姐,素来被人保护着,就算她一向调皮捣蛋喜欢装公子四处闯祸,可哪里受过这等疼痛?关大雷让她觉得痛就叫,她是没叫,但却随手抓起旁边的顾皑之的手,一口就当成软木咬了下去。一时间,受伤的花火一声不吭,倒是顾皑之疼得哭爹叫娘。

五

处理完伤口,关大雷小心翼翼地替花火盖好衣服,黝黑的脸上有一丝绯红。倒是花火,跟个没事人一样吩咐牛二:"把那枪拿过来给我仔细看看。"

她指的是刚才从那名伤她的日本人那里缴获来的狙击枪。她一门心思全在那支枪身上,根本没理会关大雷一腔的旖旎心思。这些天以来,她和三个大男人在一块儿,根本也没把自己当成个女人。或者,准确一点儿来说,除了郑又见,她觉得其他男人没什么区别。

花火看枪的时候,关大雷试了试望远镜,觉得这玩意儿还是很好使的,但是他嫌那把狙击枪又重又笨,不如盒子枪好使。

花火仔细地看着那把枪,也不知道怎么用,但是她知道这枪一定有它了不得的地方,在那么远的距离却能枪枪命中,人厉害,枪更厉害。

"这是狙击枪,能在一两里外击中任何想击中的目标。"顾皑之是警察,见识好歹多一点儿,这种枪他在李参谋那里见过,虽然只有一把,但是李参谋说特别贵重,叫狙击枪,一两里地外都能指哪儿打哪儿,非常厉害。

"一里外?"花火回想刚才房顶上与巷子的距离,确实并不近。好家伙,她的绣花针可飞不了那么远。这么一想,花火顿时有了兴趣,拉着顾皑之就仔细地研究起来。

花火与顾皑之研究了一天一夜狙击枪,在林子的更深处

小试了几次,很是震惊这家伙的远程射击能力。

花火向关大雷把望远镜要了过来给顾皑之,二人练习配合寻找目标并且击中。关大雷看花火与顾皑之挨得很近,亲亲热热地说着话,气得抓耳挠腮。

牛二抖了抖空空如也的干粮袋给关大雷看:"彻底没吃的了。"

"去买呀!"花火这两天光顾研究那枪,也没顾得上打猎。牛二忙活了一天,只挖到几只瘦老鼠。

"盘缠早已经用光了,买绣花针的时候。"牛二吃过的苦比其他三人多,所以更关注食物问题。

盘缠确实已经用尽了,这林子里能吃的基本也被他们四个吃光了,关大雷建议趁天亮赶路到前面的村镇,晚上找个大户劫富济贫。

"前面二十里就有一个镇,离奉天近了,有钱人不少。"牛二去龙口城时曾路过这一带,对附近几个镇子都熟悉。

"牛二你长本事了呀,把老婆、孩子被日本人杀了的事情都忘光了吗?开始想自己做土匪了?"

花火瞪着牛二,说的却是关大雷:"日本人烧杀抢掠是大坏蛋,我们自己人变成的土匪去烧杀抢自己人,那就是更坏的大坏蛋!"

关大雷愣了一下,觉得花火说得很对,顿时自己也没脸,赶紧补救:"我的意思就是说呀,我们不能像以前那样劫富济贫了。我们要抢也抢日本人的,怎么能抢中国人的呢?"

六

"可你刚刚才说要抢富户!"顾皑之可不给关大雷面子。

"我是说抢日本人的富户!"关大雷瞪顾皑之,恨不得踹他一脚。

"够了! 上路。再吵就别跟着了!"

花火小心地把狙击枪伪装好,让牛二帮忙给背上,心想这枪好使是好使,就是不好拿,得想个办法让他们方便携带才行。

四人饿着肚子赶到了镇上,也巧了,没到集上呢就遇到了一对日本夫妇。四人分别尾随这对夫妇到了旅店外,牛二和顾皑之装作问路的,花火用针袭击了男人,关大雷则出手拿走了他们的行李。四人互相配合,很快得手并迅速离开了。

跑远之后,花火回头看一眼那个吓得大哭的日本小女孩,沉着脸说:"以后我们再混蛋,也只能针对日本军队,不能针对平民。"

"那可是日本人!"牛二没觉得有什么,他的柳叶和桃儿死的时候,日本人也没可怜她们!

"那我们要是也不管军队还是平民就杀,我们和日本人有什么区别?"花火想得非常简单,她觉得日本兵就是日本兵,日本平民就和普通人一样,有家有孩子,也会觉得受伤害。

吃完从日本夫妇那里抢来的食物后,花火对关大雷等人立规矩:第一,只准对付日本士兵,不能对付日本平民,更不能

对付自己的同胞;第二,以后不管发生什么事,都要伺机而动,没有十分把握不行动,要计划周详,得手就跑,他们毕竟只有四个人,决不能损失一个。

这些日子以来,关大雷、牛二和顾舱之都见识了花火的机敏警觉,也了解到她其实不是那种自私无知的大小姐,谁家的大小姐会卖掉自己身上的所有首饰让大家吃饭,还亲自打猎给大家找食物?特别是这次花火受伤,别说是女人了,就是男人,肩上半寸深的伤口,也不一定能做到一声不吭。

关大雷与顾舱之这两个原本就怎么看花火怎么好的人且不说,认识花火还不算久的牛二这一路走来,也开始对花火一点儿一点儿地真正改观了。

那对日本夫妇的盘缠充足,四人总算借光吃上了饱饭。有了能量,脚程也快了不少。而且为了快点儿到奉天,四人决定乔装一下走大道,虽然一路上危险会多很多,但是路途也短了不少。

四人是在牛二的老家兴隆村附近遇到线娘的。一开始的时候,只远远地看到了一小队日本兵对一个女子穷追不舍并且抓住了她,那女子挣扎着叫救命。因为离得远,四人愣是不敢露面,也看不清楚是谁。要不要去救她,花火是有些犹豫的,她肩膀上的伤口还没好,如果用绣花针,伤口可能会裂开,还会影响准确度。那队日本兵有七个人,按人数来说,他们还真不是对手。

关大雷等人看了花火一眼,意思是救不救听花火的。

七

花火只犹豫了几秒，便说："救!"

四人以少敌多，所以必须要有技巧与策略，花火观察了一下环境，给其他人一一分配了位置与任务：牛二与关大雷负责正面冲突，她和顾皑之埋伏在一处制高点，试一下缴来的狙击枪。

线娘从来没有如此绝望过，身上的衣服被一下撕掉，想挣扎，但被那些畜生狠狠地压住了四肢。她闭上眼睛，脑海里闪过关大雷的脸。关大雷，他到底是否知晓她的心意呢？她这一生，不但没能嫁给他，连临死前都没能找到他并和他再见一面！

线娘如此想着，更觉得绝望，正思索着如何才能咬舌头自尽时，忽然撕开她的衣服伏在她身上正要动作的日本畜生闷哼了一声，不动了。其他几个按住她的日本兵淫荡地笑着，去推那个男人，又听左边那个日本兵闷哼一声，捂着血流如注的脖子倒下了。

剩下的日本兵一下慌张了起来，刚站起来，又一个倒下了。其他四人拿起枪就往门口扫射，只见关大雷忽然从墙头飞扑而下，手起刀落干掉了其中一个，而牛二则举着一块门板，连人带板扑向了两个日本兵将其压在身下。等线娘慌乱地穿好衣服站起来的时候，七个日本兵已经全部无声无息地倒在地上死去了。

线娘看清了救自己的人居然是关大雷，也顾不得男女之

别了,哇的一声哭着向关大雷扑了过去。关大雷愣了一下,仔细地看了一下扑进自己怀里的女子,嘴巴都张得比碗大:"三当家!"

这时候,花火在门口出现了:"不宜久留,拿了东西,快走!线娘?"

"大小姐!"

线娘一见花火,便放开关大雷扑了过去,同时也发现了花火肩膀上那因开枪而被重新撞裂开流血的伤口:"大小姐!你受伤了!"

"嗯,伤口裂开了。一会儿你帮我处理一下。"

花火见着线娘,也十分高兴。之前线娘虽一直都是侍候她的丫鬟,但是她对丫鬟,特别是对文静秀气的线娘向来视同姐妹,此刻见自己救的人竟然是她,更深觉庆幸:"你怎么一个人在这里?胡二奎呢?"

"我没见着二当家的。"线娘要是见了胡二奎,也不至于孤身上路如此狼狈。

那夜李参谋趁长山寨空虚派兵攻击长山寨,线娘凭借熟悉的地形,与几个留守的兄弟散开逃离,之后长山寨被占,她去了花家。发现花家住的都是李参谋的人后,也不知道大小姐去了哪里,一时极度失落迷茫。听一个下人说,大小姐可能去奉天找姑爷了,线娘便也上路来找花火,她知道只要找到了花火,便有可能找到关大雷。

一个单身女子,一路上又要躲避流寇又要躲避日本兵,真是什么苦都吃了。此刻她不但见着了花火,还找到了关大雷,

线娘也觉得吃的苦都值了,回想刚才的绝望,不禁泪又成行:
"小姐,见到你真是太好了!"

八

五个人在那七个日本兵身上搜来了不少东西,因为花火伤口崩裂,他们决定找个僻静的地方休养两天,反正奉天城马上就要到了。

牛二对附近地形比较熟悉,在附近山上找了处猎人木屋暂时安顿了下来。养了七八天,五人的状态都好了很多。反正闲着也是闲着,花火便把几人都叫在一起,总结了一下这一路来的艰险,也设想了接下来会遇到的险境。奉天城已是是非之地,几乎时时刻刻都有大大小小的交火在发生,要进去找郑又见,无疑是火中取栗。所以,花火想了一些互相之间的暗号与配合脱险的方式,就像一路上他们所做的那样,关大雷与牛二负责正面交火,花火与顾皑之、线娘负责暗中狙击配合,因为他们只有五个人,所以行动一定要更加隐秘与小心,必须有一些约定的暗号。

此时花火并没有意识到自己已经具有领导小分队的能力了,因为每一次都是处于劣势才想方设法保命。

她心里记挂着郑又见,记挂着生死未卜的父亲,她一心想着找到郑又见后,郑又见能够和她一起回家。如果郑又见还是不愿意和她成亲,她就给他张罗娶个媳妇,以后只要一家人平平安安都在一起就好。

　　十天之后,花火伤口好得差不多了,几个人便继续上路。越接近奉天城,日本兵便越多,遇到日本人的大部队花火一行一直都是绕着走,避免正面对抗,但一旦遇到日本散兵,花火几个人的一致意见都是杀之而后快。

　　原本五个人只是为不挨饿受冻、保全性命才打日本人,但五个人经过了几次与日本兵小队的遭遇战之后,在花火的警觉与组织下,他们之间的配合越来越默契了。不但遇险时次次互相配合解决危机,五个人竟还把一路上的日本散兵小队打得慌张起来。

　　一时间,日本散兵之间流传起了一个"中国人有一支看不见的队伍杀人于无形"这样的谣言,被救下的一些老百姓,还给他们起了个"火狼队"的名号。

　　但也因为一路上遭遇与日本兵的小战斗,花火一行虽然到达了奉天城,却只能在奉天城周围活动,进城的关卡严格到几乎一天到晚城门紧闭,他们根本没有机会进城。百姓们都说,奉天城里已经是日本人的天下了。

　　进不了奉天城,也找不到郑又见,花火的心一天比一天更焦炽。而关大雷一心惦记着娶花火做媳妇儿的事情,言行中都表露得极为明显。这天见花火刚把顾皑之赶走,他便又凑了上来:"顾皑之那样的娘娘腔是不适合你的。来,有啥事跟我说!我媳妇儿的事情,就是我的事情。"

　　"嘴巴给我放干净点儿。"

　　花火横了关大雷一眼,实在没有心情与他扯皮。关大雷倒笑着继续逗她:"我要是以后天天刷牙,你能做我媳妇儿了不?"

"滚!"

"哈哈哈,就不滚!"

九

对于花火而言,关大雷是烦人的。可对于现在仍把自己当作大丫鬟贴身侍候花火的线娘来说,每每看到这种场面,她心里总是五味杂陈。

关大雷喜欢大小姐,处处都表露出非大小姐不娶的意思,也就是说,关大雷早已经忘记了父亲为他们订下的婚事。大小姐心里有谁,线娘是知道的。她从小就知道大小姐与少爷的婚约,而且大小姐与少爷虽然整天打打闹闹,但都十分关心爱护对方。更何况二人已经成亲了,虽然说出了意外没有入洞房,但拜过了天地爹娘,洞房也只是迟早的事情。

线娘想让关大雷别傻了,她对关大雷一见到大小姐就要贴上去的德行十分生气。说她不妒忌大小姐吧,好像心里又总有点儿难过,可大小姐不但是她从小一起长大的姐妹,还是自己的救命恩人呀。如此一来,这些日子里,线娘的内心既痛苦又妒忌,十分纠结。

花火没空儿去关注关大雷他们的心思,她每日都仔细地思虑着郑又见可能会出现的地方。如果郑又见当了兵,那他应该不在被日本人完全控制的奉天城里,他最有可能在的地方,就是国民党军队的营地里,在某一支队伍里。这样的话,

只要她追着国军走,应该就能打听到郑又见的消息。

心里有了主意,花火便不再一门心思地往奉天城里走了,而是决定跟着与日本军队对抗的国民党军队的足迹,一个一个地去追寻郑又见的下落。

几日之后,另一重镇雨水县外,花火一行再次遇上了国军与日军的小型交火。花火等人观察了一下形势,双方兵力相似,国军虽然顽强,但因为日本军队带了一个狙击手,国军明显处于下风了。

这种情况,花火决定帮助国军,理由很简单,万一郑又见就在国军里呢? 所以救了国军士兵就是救了郑又见。

做了决定后,五个人迅速观察好地形,花火第一时间发现了日本兵狙击手的位置,并且让关大雷与牛二潜过去解决他们。她自己则带着线娘与顾皑之占据有利位置,开始狙击日本兵。

随着牛二与关大雷的得手,战斗情形很快扭转,国民党军队占了上风,此时花火也忽然发现了一件事情,那个带着小队杀敌最猛的军官,很像是郑又见!

花火疑心自己看错了,抽空夺过顾皑之手里的望远镜,那个人似乎高了许多,壮了许多,也黑了许多,身上虽然挂了彩,但脸上也溅满了敌人的血花的军官,不是郑又见还能是谁?

花火确定那名军官是郑又见,一时喜不自禁,强忍着冲过去的冲动,分外利落地一个一个地干掉了对郑又见有威胁的日本兵。

扣动扳机把子弹射出去的瞬间,花火全神贯注到了一种忘我的程度,如果此前她使用狙击枪还是一个有些瑕疵的新手,而此刻的她就全凭本能了,她把这些日子以来,那些自己结合绣花针与狙击枪的优缺点练成的狙击技术发挥得淋漓尽致!

十

郑又见在战斗局面扭转了一会儿之后,便已经敏锐地察觉到一股暗处的力量在帮助自己,最后冲锋时刻,那些个对他有威胁的日本兵一个一个倒下的时候,他更肯定了自己的判断:有人在帮他们!

郑又见不能确定是谁在帮自己,但能确定的是,这场原本胜算不大的战斗他们赢了!

仅剩的一小队日本兵快速溃败撤退,这场残酷的战斗终于结束。郑又见收起枪,有些茫然又疑惑地看向四周,他不知道谁在暗中帮了自己。正纳闷,就看到一个一身伪装的身影向自己飞奔过来!

郑又见愣了一下,战争的惯性让他瞬间举起了手枪对准来人,但当那人越跑越近,近到郑又见终于看清楚她的脸的时候,他的手不由自主地抖了一下,枪口慢慢地垂向了地面:火儿! 那是火儿!

郑又见眼看着花火向自己狂奔而来,刚刚劫后余生的他内心激动狂喜不已,在很短暂的瞬间里,他忘记了自己与花火

之间不可调和的矛盾,他遵循内心的感受露出了一个微笑。但这个微笑转瞬即逝,因为他随即想起了横在他与花火之间的现实,他脸上的微笑渐渐凝住并且一点儿一点儿地冷了下去,淡淡散去的硝烟中,郑又见那张仍然俊美却因为敌人的血迹多了几分男人气概的脸,瞬间恢复了冷漠如雕塑的神色。

"郑又见!"兴奋得早已经忘记了一切的不快、一切的磨难、一切的艰险的花火飞奔跑近郑又见,重遇郑又见的兴奋甚至让她忘记了此刻郑又见的神情是多么冷漠。她释放自己的内心,抓住他的胳膊上下检视他是否安好:"你还好吧? 没受伤吧? 中弹了吗?"

花火问了一连串话,每一个字都像一把锤子,把郑又见内心好不容易才竖起来的冰墙敲得粉碎,可是,郑又见又不得不把那些冰冷的墙一一地再次垒起来,以隔绝他内心对花火的真正情感。他抬起手,冷漠地拨开花火的关切:"我没事,你为何在这里?"

郑又见的语气十分冷漠,冷得让花火都不由自主地打了个哆嗦,然后她终于清醒地看到了郑又见冰冷的神色,再然后,之前的一切终于再次浮上了她的心头。她与几个月前一样,仍然无法理解郑又见的冷漠,仍然被他的冷漠快准狠地刺伤了:"郑又见,你到底怎么了?"

花火问出这一句时,郑又见觉得自己的心几乎停止了跳动,但他又不得不强行忍耐这种疼痛,保持自己的冷漠。他想说些什么,但又无话可以说,只能转身走开,给花火一个冷漠的背影。

"喂！你这人怎么回事？不知道什么叫滴水之恩当涌泉相报吗？这就是你对救命恩人的态度?"说话的是关大雷,战斗一结束,他远远就看到花火高兴地跑向这个军官,还拉着他的手问长问短,偏偏对方根本不理他的花火！这还得了？关大雷火速冲过来打抱不平!

第七章　旧梦难圆

一

虽说郑又见被当成"新娘"抓到过长山寨，但关大雷并没有见过郑又见，此刻只觉得郑又见那张俊美的脸让他怎么看怎么不舒服，所以说话之余，出手就推了郑又见一把。

若是以往的郑又见，被关大雷这样的力道一推，大概会倒地。但现在的郑又见早已经在战场上历练了数月，已经是一名战士了。他只踉跄地退后一步，看了关大雷一眼，没有给一旁郁闷呆愣的花火半丝眼神，淡淡地说："既是故人相遇，便请一起回营地休整吧。"

郑又见冷淡地说完这一句，便转身走开了，与部队的其他人一起整理战场准备离开。他一直冷着脸忙碌着，花火也一直站在原地，眼睛看着郑又见，只觉得心里既难受又悲哀，却又不知如何是好。

这数月以来，失去家园、失去父亲的委屈，独自在路上遭遇各种艰难险阻的孤寂，花火原本是准备了许多许多话要对郑又见诉说的，但此刻的郑又见，变得如此冷漠而又陌生，她内心的千言万语全被他冷冰冰的脸挡在了心底。如此一想，这一路上遇到再多险境疼痛也未曾涌出的泪水,忽然就汹涌而来了。

关大雷一看,花火那双从来清亮如星的眼睛里竟然滴下了眼泪,一时心疼得不行,又不敢上前抱着她安慰,只能急得低头不断地问她:"无缺!咋啦?这是咋啦?"

花火看着郑又见冷冷的背影,抬手抹了一把眼泪:"闭嘴!我没事!"

可她怎么会没事呢?跟着郑又见回军营的一路上,郑又见没有看过她一眼,更没有再和她说过一句话。花火想不通这是为什么。她刚才明明看到了郑又见一开始见到她时,脸上是有笑容的,只是那笑容转瞬即逝,他马上就变得冷漠了。这是为什么?还是因为她逼他扮新娘"嫁"给自己吗?郑又见怎么可以如此心狠?数月不见,不问她安好也就罢了,怎么能连爹如何都不问一个字?

一路上,花火心里都充满了疑问,也充满了失落。但同时也是有些安慰与欢喜的,毕竟她找到了郑又见,而且郑又见不但如愿当了兵,还成了一名看起来很有威望的军官。

到了营地之后,郑又见对副官吩咐几句,说花火等人是帮助了战斗的游击队,请安排休整,便没再出现了。

花火跟线娘因是女眷,被安排在一个小院子里休整。花火心事重重,由着线娘帮她梳洗了一番,穿的是一件副官送来的衣服,很普通的女学生装束。

花火穿好了衣服,便打算再找郑又见,她觉得怎么也得把话说明白了。就算郑又见还为她逼他"嫁"给自己而生气,

她也该解释一下,最重要的是要和郑又见说说回家救父亲的事情。

二

第一次去找郑又见,花火扑了个空。花火想,算了,大概他太忙。

第二次去找郑又见,花火又扑了个空。花火想,也许还是在忙?

第三次去找郑又见,副官又说,连长在忙。花火俊眉一锁,问:"他什么时候不忙?算了,我在这儿等他吧。"说完,她就真的找了把椅子,在郑又见营房门口坐了下来。

这两天花火仔细地想了又想,还是不能明白郑又见为什么对她如此冷漠,这会儿她也明白过来了,郑又见可能是真忙,但也是真的想对她避而不见。可越对她避而不见,她就越想找他问个清楚,到底为什么对自己这样冷漠。不想和她成亲可以不成亲呀,反正也没有入洞房。但他总要知道父亲的下落吧?虽然不是亲生的,但这些年爹对郑又见可是视若亲生一般。不管为了什么,她都不允许郑又见连父亲都不顾。她得说服他一起回去救父亲。

花火正胡思乱想着,忽然听到门口传来了郑又见的声音,她抬眼望过去,顿时愣住了:只见郑又见微笑着陪着一个漂亮的女子走了进来。那女子穿一套浅蓝色的裙子,看起来娇小玲珑又温柔美丽。

最令花火难受的是郑又见和她说话的表情，斯文又温和，那张俊美的脸上挂了笑意，迷人几分也可恶几分！

在龙口城里，郑又见不是那种爱好玩乐的公子哥儿，一向不是读书就是帮父亲做事。花火从没见过郑又见与自己之外的女人站在一起。所以她此刻并不能很快地消化忽然从心底升腾而起的醋意。

内心忽然生起的火气，让花火瞬间忘记了自己原本想和郑又见好好谈一谈的想法，于是又恢复了她在郑又见面前一贯的霸道任性："郑又见，过来！我有事要和你说。"

就像过去的每一次想叫郑又见为她做什么事情一样，她的语气与姿态没有任何的变化，甚至因为莫名其妙的妒忌，她显得更骄横一些："快点儿！我都找你几次了！"

花火说这些话的时候，是自然而然的，她从来没想过郑又见会拒绝自己，虽然最近一段时间她总是被他冷漠对待，但是过去十几年的相处习惯已经深入她的骨髓，她冲动地又忘记了现在的郑又见好像已经变了。

郑又见不但没有听花火的话走过去，反而冷淡地只看了她一眼，更冷淡地说了句"我和你没什么好说的"之后，居然当着花火的面转头温柔地对那漂亮女子说："刚才你不是说要上街吗？最近局势比较乱，我陪你去吧。"郑又见说完，居然就真的与那女子一起走了！

花火愣了一会儿，向郑又见消失的方向看了好久，才一把抓住刚从屋里拿着一沓文件出来的副官，一字一句地问："那个女人是谁？"

三

　　副官听说花火是郑连长的同乡,虽然不知这俊俏的女子与连长是什么关系,但是连长吩咐了他不少关于照顾她的细节,心知大概也是比较重要的人,也许还是连长的青梅竹马什么的。但这会儿看连长的态度又很奇怪,背地里明明表现得挺关心她的,怎么这会儿见了面又这样的态度呢? 莫非是和刚才那个女子好上了?

　　副官这么一想,顿时为花火打抱不平起来:"花小姐,我也是第一次见到她。不过你不用担心,我去打听打听她是谁,再来告诉你。"

　　副官走后,花火越想越气不打一处来,按她以往的脾气,直接扑过去把郑又见揍一顿就算了,但此时的她又拿郑又见无法,因为她好不容易找着了郑又见,除了郑又见这里,她也没有别的去处。

　　郑又见陪周馨出了大门,便找借口独自离开了:"周小姐,我忽然想起,旅长刚才交代我去办一件很重要的事情。抱歉,不能陪你上街了。你一个人不安全,你稍等一会儿,我叫人送你。"

　　周馨是学医的,在日本留过学,与皇甫昆是校友。皇甫昆邀请她来给部队里的医疗班上课,刚才她在驻地迷了路,正巧遇到郑又见,二人这才认识了没几分钟,便被花火瞧见了。

　　"好的,谢谢你,郑连长。"周馨也并没有多说,但她敏锐地觉察到郑又见与刚才那个看似分外骄横的女子似乎有着一些故事。因为明明之前他与她说话，都是一些互相介绍名字的客套话，在那个女子生气之后，郑又见对她的态度忽然莫名地亲热起来，还说要陪她上街。这不，才陪着走出了大门，他的态度又变成了看起来彬彬有礼但却保持着距离的样子。

郑又见匆忙与周馨告别之后，便快步回头了，但他没敢回自己的营房，而是向训练场走了过去。他这会儿想起花火刚才失落难受的眼神特别难过，他甚至有些害怕自己刚才会不由自主地怕花火生气而按她说的做，她要他走过去他就走过去，她要他做什么他就做什么，他不想违抗她的心意，不想让她不开心。

他明知由于父辈的原因，他是花火灭门仇人的儿子。但他内心里却总希望那不是真的，他向来是个有主意的人，如果他不愿意与花火成亲，谁又能真正强迫得了他呢？他愿意被花火强迫，不过是因为他接纳了她。这么想着，郑又见只觉得心里沉甸甸的，就快喘不过气来。

去训练场的路上，刚巧经过花火他们休整的小院的时候，郑又见的脚步不由自主地停了下来，因为半掩的院门里传来了花火的声音："关大雷，谁让你动我的枪了？"

"我没动！我是看这里破损了，想帮你修一下！"关大雷委屈呀，无缺这两天的脾气也太大了呀。

"滚！"听到花火说出这个字，门外的郑又见的眼眸竟不由自主地闪过一抹笑意：他过去总爱惹她生气，是因为他喜欢看她生气时生机勃勃的样子。

四

"狙击枪?"

皇甫昆从战情材料中抬起头,望向郑又见,这位近来让他十分赏识的年轻军官,机敏理智,富有谋略,又不缺乏勇气,如果他的232旅能多几个他这样的军官,他也不至于举步维艰:"你要狙击枪做什么? 说说你的想法。"他示意又见坐下详细说。

郑又见分析了近来他们屡战屡败的一些原因,特别是双方实力均衡的时候,国军何以仍然惨败,这是因为日军给自己的战斗强队都配备了狙击手。所以,他想训练一支反狙击并且能够狙杀对方的精英小队。

"那需要专门的训练,不是每一个枪法好的人都能做狙击手。"皇甫昆也想过这个,按标准,每个营都应该有一个狙击手小组配合战斗。但狙击枪与子弹十分昂贵,狙击手的训练也十分不易,他的232旅又是爹不爱娘不亲、动不动就被拎去做炮灰的部队,上面别说拨钱训练了,就是给了几把狙击枪都很了不得了。

他整个旅就三把狙击枪,狙击手也没有能拿得出手的,什么狙击手小组更是形同虚设。但是,郑又见有想法当然是好的,他的232旅历来憋屈吃多了,他无论如何也得想办法翻个身,一直打败仗,显然是不可能翻身的。

"我会训练出至少一个精英小组出来。"郑又见看着整个旅仅有的三把狙击枪,硬生生地把心里的抱怨咽了下去,虽然皇甫昆没说，但他知道，真的就只能给这么多了。

"郑又见！"顾皑之跟着副官走进郑又见的营房，劈头就问他，"你是怎么回事？这么久不见无缺了，连话都不和她多说两句？你知道她为了找你有多辛苦吗？"

顾皑之对郑又见已经娶了花火这件事情十分难过，但更看不得花火受委屈，特别是受郑又见的委屈："你是不是做了什么对不起她的事情？是不是和那个周什么好上了？"副官已经打听到了周馨的名字，还给他们通了消息了。

郑又见本想反驳顾皑之几句的，但话到嘴边又忍住了："我叫你来，就是为了这事。我这里有三把狙击枪，还有子弹，你带着人搬过去给火儿吧。"

随后，郑又见详细地给顾皑之说了他想成立一个精英狙击小组的想法，由花火来领导并且训练狙击手。

顾皑之听得有点儿愣，他的心绪还沉浸在郑又见为啥对花火这种态度的疑问中，下意识地问郑又见："你和无缺吵架了吗？这些事你为啥不自己跟她说？"

郑又见眼神忽地一暗，但却并未让顾皑之发现："火儿是不是最近心情不好，总对你发脾气？你把这些新枪给她送过去，她应该会很高兴的。"

五

顾皑之虽然还是有些不明白郑又见为什么不愿意自己去找花火，但得着了讨花火高兴的机会，他当然也不想放过。

顾皑之带着人抬着一大箱子弹与三把崭新的狙击枪，回到了他们休整的小院里。花火正在发脾气——她发火的方式除了骂人，就是射绣花针，是每一针都瞄准一个小地方密密麻麻地射过去那一种，看到的人都不禁会想，那针要是全射在自己身上，差不多算是没救了。所以花火在闷头玩绣花针的时候，关大雷、牛二，包括线娘都不敢惹她。

顾皑之自小与她一起长大，自然也是理解她的。见她心情仍然很差，虽然很想，但还是有点儿缩手缩脚不敢上前去送礼物邀功。但关大雷看到了东西，自然不会忽略，走过来就要打开看："这是啥？枪？"

"嗯，这是郑又见送给无缺的枪。"顾皑之咽了下口水，总算把话说出来了，说完之后又突然觉得自己没能落好，便又补充了一句，"是我去抬回来的。"

"我看看，啊！"关大雷急不可耐地便要去打开箱子，忽然手背一痛，只见一枚绣花针稳稳地钉在了他的手背上，针头没入半寸有余，紧接着花火清冷的声音传了过来："没有我说话，谁准你动我的东西了？"

"好好好，我不动。姑奶奶，您请。"关大雷忍着痛把手背的绣花针拔了出来，让开了位置给花火。一旁看了整个过程的线娘看他那针口有血珠滚出竟也不顾，不禁皱了皱柳眉，眼见那血珠越冒越大，线娘到底忍不住了，掏出一块手巾拉起关大雷的手，利落地用力给他包扎了一下。关大雷也不顾她，只管嘿嘿笑着看花火打开那装子弹的箱子。

花火拿起一粒子弹，在手里掂了掂，又看了一眼那三支崭新的狙击枪，沉默了好一会儿，才语气平静地问顾皑之："这是郑又见让你交给我的?"

"是呀！他还说你看到这个一定会开心的。他要让你做狙击队的领导呢。"顾皑之有点儿摸不准这会儿面色看似平静的花火是不是心情变好，但他还是挺开心地向花火做了详细的报告，一五一十地把郑又见的话转告了。

顾皑之正说到兴头上，花火却"叮"地的把拿起的那粒子弹扔回箱子里，转身风一样从小院门里消失了！

郑又见在营房这边，刚刚定下心神开始研究战情，便听花火一声娇喝闯了进来："郑又见！"

听到花火的声音，郑又见不由得有些慌乱，手里的笔都掉到了地上，但他还是深呼吸一口气，冷起了面孔看向门口："这是军营，进门见长官是要通报的。"

郑又见这话说得一本正经，让原本就在火头上的花火更是气愤，再想起今早他对那个叫什么周馨的女人亲热的情形，花火一下就炸了："郑又见，你给我跪下!"

六

听到花火这声"你给我跪下"，郑又见不由一愣，他抬眼看花火，只见她穿着他命人给她送过去的那身裙子，一脸怒气，整个人就像一团熊熊燃烧的火苗。

上一次花火这样大声地喝令他跪下，是因为他十二三岁时执意要问自己的身世，把父亲给气得晕了，花火那时候十五

岁,进门就甩了他一鞭子让他跪下。当时他自知做错,腿一软就跪了,之后被花火拎着耳朵好一顿骂。

也是从那次之后,郑又见心里对这个既是姐姐又是他青梅竹马的未婚妻有了另外的看法,以前他只是觉得自己怕她不敢惹她烦她,自那次后,他服她敬她了:她爱护她的家人,她心中自有正义,她不只是表面上那个任性妄为的大小姐。慢慢地,他也越来越了解她,越来越把她放在了心上。

可是,那又如何?他们父辈之间的恩怨,让他们无法走到一起。

心里的思绪慢慢地沉了下去,郑又见的脸色也冷了下来:"你何时才能改改你的大小姐脾气?动不动就让人下跪,你以为这里还是花家吗?"

听到这句花家,花火被怒火充斥的脑海闪过了父亲那张永远对她溺爱微笑着的脸,父亲那种"全世界就只有我的火儿最好"的眼神,像一盆冰水一下子浇在了她的怒火上。是呀,这里不是花家。花家没了,父亲,可能也没了。

"郑又见,我知道这里不是花家。"花火冷静了下来,无法拯救父亲的失落与内疚涌上了她的眼眸,她看着郑又见,想起半年前他对她说的那些绝情的话,想起这次重遇以来,他对自己的视而不见,甚至没想过要问一声父亲的下落,一种孤独而又悲愤的感觉从她心底升腾起来,"郑又见,花家没了,你也并不在乎吗?"

花火的声音异常平静,完全不同于前一刻她喝令郑又见跪下时的骄横,郑又见也一下愣住了。花家的消息,他前日的夜里已经悄悄地找牛二问过了。他猜想大约那李参谋贪财，而养父又是龙口城的一方首富，李参谋在将花家财产全部掌握之前，应该会暂时留着养父的性命。

他要如何回答呢？在乎？当然。可是，既然他如此在乎，又应该如何向花火解释自己的冷漠？

"我不在乎。"郑又见说出这四个字时，几乎能听到自己心裂开的声音，但他又必须硬生生地撑着，看着花火因为他的话变得更绝望，"你现下无处可去，我看在姐弟一场留你在此。但现在是非常时期，军营里不养闲人，你若愿意，便按照安排训练狙击小组。如若不愿意，你离开也请便。"

花火在郑又见的话里一点儿一点儿地绝望，她沉默了很久，也不知道要说什么好，只得转身离开。到门口的时候，她停下脚步，没有回头，对郑又见说了一句："郑又见，我不知道你为什么会变成这样。但是我认识的那个郑又见，不是现在这样的。"

七

花火走后，郑又见又直挺挺地站了一会儿，才慢慢地坐下，他闭上眼睛深呼吸一口气，还是觉得无法抑制心底的疼痛，最后只能双手捂脸，悄然抹去了眼角的一滴泪。

花火回到小院里，脸上伤心失落难掩，却又不肯说话，看得关大雷等人干着急。关大雷性子急，走过去就问："是不是郑又见……啊！"

第七章 旧梦难圆

他提到了郑又见名字的结果是,一枚绣花针刺破了他的嘴唇没入了他左边的墙面里,而花火仍是一声不吭。这下也没谁敢过去问花火了,花火谁也没搭理直接进了房间,线娘是了解她的,走过去轻轻地帮她关上门,出来小声地告诫其他人:"让大小姐休息会儿吧。"

"她到底咋了?"

关大雷越看越郁闷,怎么那郑又见对他未来媳妇儿的情绪影响这么大:"是不是那小子欺负她了?不行!我得找他去!"

"消停会儿吧你!嫌绣花针吃得不够?"线娘赶紧把关大雷拉住。

"唉,他们闹成这样,我也不知道应该高兴还是难过。"顾皑之也表示十分无奈。

"当然难过了!没看到无缺都不说话了吗?"关大雷看着顾皑之气呼呼。

"夫妻哪有不吵架的?说不定吵过了就和好了呢?"顾皑之白了关大雷一眼,不想搭理他,但关大雷被他的话激得跳了起来,一把抓住他的肩膀吼:"夫妻?什么夫妻?"

"无缺和郑又见是夫妻呀。他们已经拜过堂了,要不是你捣乱,他们都洞房花烛了。你不知道?"

顾皑之问完,忽然想起,这一路上他们虽然是为寻找郑又见而来,可花火几乎没有提起过郑又见,而且几人不断地遇到各种艰险,光顾着逃跑保命了,哪里有时间八卦花火与郑又见的事。原来关大雷应该是能联想起来的,但他喜欢上了花火,就有点儿一根筋，只一心想着怎么才能让花火成为他的媳妇，完全没有想到花火已经是别人的媳妇了。

"夫什么妻！花轿半路就被人劫了算什么夫妻？没那回事！无缺只能是我关大雷的媳妇！"

关大雷一拍桌子，下定了决心："我关大雷娶定花无缺了，谁敢和我抢，老子毙了他！"

"你说是就是呀？那也得我们无缺认！我这等了无缺多少年都没机会，就你一土匪？切！"顾皑之虽然胆子小，但他还真是有些看不起关大雷的土匪作风。

"顾皑之！你以为我不敢杀你？"关大雷说着就要拔枪，他此刻真是有些急红了眼，这么长时间，他一心一意就想着要娶花火做媳妇呢，这会儿居然听说她已经与别人成亲了，怎能不叫他着急？

"够了！"线娘冷不丁地把手里的剪刀"啪"的一下摔在桌子上，"整天吵吵还有完没完了？"线娘心里是很难过的，她此刻正在为关大雷缝制新衣，他却当着她的面口口声声说要娶别人，叫她如何不难过。

八

牛二懒得听关大雷与顾皑之二人扯皮，这一路上，光听他俩吵架他就觉得听得耳朵要出茧子了。他默默地开始看顾皑之抬回来的狙击枪装备。从龙口城来奉天城的一路艰险中，最令他感慨的便是花火大小姐的绣花针和这种叫狙击枪的玩

意儿了,一针一个,一枪一个,杀日本鬼子真是过瘾。

　　房间里,花火趴在床上,父亲的脸,郑又见的脸,二人各种各样的表情在她脑海里一一闪过。不管过去还是现在,就像她永远相信父亲是爱她的那样,她相信郑又见绝不是一个冷漠无情的人。就算他不是父亲的亲生儿子,也不见得一点儿都不关心父亲的事情吧。想到关心,花火又想起了牛二,牛二就是郑又见救过的人,是又见叫他去保护父亲的,而且牛二也做到了。

　　想到这里,花火一下子从床上弹了起来:"牛二!"

　　"郑又见真的没问过你?"花火盯着牛二,那双眼睛通透清亮,盯着牛二心里发毛,恨不得有个洞让他钻进去躲一躲。花火问他,郑又见有没有找他问起过花家的事情。

　　牛二说没有。他遵守与郑又见的约定,不能告诉任何人他问起过花家与花火的事情。虽然他不知道郑又见把花家与花大小姐的事情问得仔仔细细,却又不肯让人知道他问起过到底是什么用心。但牛二知道,又见不让说就不能说,不知道这聪明的郑兄弟又有什么计划,免得自己说出去坏了他的大事。

　　花火见牛二虽眼神里闪过慌乱,却坚持一再否认,也没有再追问下去。她心里明白了几分,郑又见应该是问起过的,只是不知道为着什么原因不想让她知道。

　　这么一想,花火心里顿时觉得好受了不少,只觉得之前在郑又见面前受的那些委屈也淡了许多。大概只是郑又见觉得自己不定性,做不好一件事情,所以用了激将法?不然为何又给她送来了这些枪？顾皑之都说了，这些枪不管在哪个部队里都是珍贵玩意儿，用好了能决定一场战争的胜负。

看着那几把崭新的枪，花火慢慢地平息了内心的纠结与绝望。这世上，知道她会使绣花针的人没几个，郑又见应该算其中了解她最深的一个吧。也许，他就是看不惯她以前的骄横无知，想让她学会用这狙击枪变成个好一点儿的花家大小姐呢？

花火自己在心里理着心事，一来二去，似也想通了。她挥手叫牛二把枪和装备都给抬过来，开始研究起来。

这三把似是新式狙击枪，比起之前那把从日本人手里缴获来的好了不少，花火越看越兴奋，又跑出去试了几次枪，愈加满意，一时高兴，也忘记了和郑又见生气的事情，兴致勃勃地开始给其他人分配起任务来。

九

三把枪，花火自己留一把，其他两把分别给了关大雷与顾皑之。顾皑之接过枪，整个人都木了："无缺，我……"一路上他都是跟在大家后面，最多在死去的日本兵身上捡个枪搜点儿财物什么的，他虽然没有承认过，但无缺一向是知道他胆儿小的呀，给他一把枪让他上前去杀人，他……他不敢呀。

"牛二，这个给你。你力气大，功夫也好些，你负责和顾皑之搭档，帮他观察环境，寻找目标，以及保护他的安全。"花火把一个望远镜交给牛二，牛二点头接过，看着胆小如鼠的顾皑

之,脸上的表情有点儿无奈。

连牛二都看不起自己,顾皑之又高声起来:"不要小看我,我以前做警察不是靠关系进去的,整个警察局里,枪法我认了第二就没人敢认第一。"他就是胆子小一点儿不敢杀人而已。

"线娘,你和关大雷一组。关大雷枪法准但脾气急,你正好压一压他。"花火把望远镜给线娘的时候,还对她意味深长地笑了笑,线娘愣了一下,心知自己的心事可能被大小姐看穿了,不由得脸有点儿烧。

关大雷不乐意了:"无缺,我要和你一组!"

关大雷见花火瞪他,又加了一句:"你不会功夫,有什么事情我可以保护你。"

"你只要负责保护好线娘就行了!"花火懒得和他多说,继续与其他人商量狙击小组的事情,"我们只能藏起来暗中狙杀敌人,但伪装非常重要……"

花火走后,郑又见悬着一颗心留意花火这边小院的动静,他怕花火真的一时意气就走了,时局这样乱,到处都是凶猛的日本人,不知道会怎样。又怕花火伤心过后大小姐脾气又来了再找他闹一通,他倒是不怕她闹,就怕自己禁不住她闹露出真心,那样更难收拾。

郑又见想亲自去小院看看情况,但又有些犹豫,正来回踱步时,忽然被一个温柔的声音叫住:"郑连长!"

"哦,周医生。"郑又见看到了周馨,微笑着与她寒暄,"今天的培训还顺利吗?"趁着战事稍停,皇甫昆请周馨来给医护排培训,这也是周馨会出现在这里的原因。

"挺好的。"周馨看着郑又见微笑,这些天她听说了不少有关郑又见的事情,对他的好感倍增。领导让她从国民党军官里物色培养共产主义战士,她觉得郑又见就是一名难得的正义之士,于是决定加强与郑又见的联系,"今天我又是一个人来的,不知道可否有幸请郑连长送我回去?"

"这……好。"郑又见刚想拒绝,忽然看到不远处花火等人拿着枪从院门里走了出来,于是又改成了答应,"周医生,请。"

转身时,郑又见的眼风扫了下花火那边,发现他们都拿着枪要向训练场走去,心里不禁一阵狂喜:火儿愿意留下来了!

十

周馨本就在仔细观察郑又见的神色,见他眼底闪过笑意,便问:"郑连长是想到什么事情了吗?"

"嗯?哦。"郑又见本来无心与周馨说话,见她问起,便承认了,但却也没多说。他与周馨不算熟,内心隐藏最深的东西当然不可能告诉她。但他此刻心里是高兴的,脑子里便将狙击小队的详细计划又思量了一遍,心想今天要将这个计划完善,并且报与旅长皇甫昆,将花火的小队加入编制里。虽做不成夫妻,但做并肩战斗的战友,总应该可以吧?

如此一想,郑又见又觉得送周馨实在是太浪费时间了,于是停下脚步,很认真地道歉:"周医生,真是抱歉,我现在有急事必须要去做,就不方便送周医生回去了。周医生请稍等,我

第七章 旧梦难圆

让我的副官送你回去。”

周馨见他又故技重施，倒也不恼，笑了一声：“那行，郑连长先去忙吧。再见。”

“再见。”郑又见果真急匆匆就转身走了。周馨站在原地，看着郑又见的背影很久很久。

郑又见急忙回营房做狙击小队的详细规划书的时候，花火等人也到了操练场边上的一块高地上。花火有些心神不宁，她想着刚才出门时，看到了郑又见与周馨有说有笑经过的情形，心里不由得一阵难过。可是难过归难过，她心里又有一些相信郑又见肯定是有不得以的理由才那样对自己，不就是狙击手小队吗？还能难倒我花无缺不成？

花火放好狙击目标，就让关大雷与顾皑之各自找隐蔽的地方，她自己也四下观察了一下，找了一个绝佳的狙击制高点。当她冲上去的时候，发现那里坐着一名军官，看他穿着军队的制服，也没对他起戒心，反而想正好，其他人都是二人一组，就她自己一人兼两职，不如请这位长官暂时帮拿望远镜做她的观察员：“你好，我是新成立的狙击小组的花无缺。我们在训练，不过现在我缺个观察员，就是拿着这个帮我分析情况的，你要是闲着的话，可以帮个忙吗？”

因为仕途不顺，心情抑郁，出来透气的皇甫昆，望着素不相识却很大方地开口让自己帮忙的花火，只见她穿着方便行动的男装，但梳的头发却分明是个俊俏的女子，一时不禁有些愣怔。

“没空吗？就一会儿。如果你分析得好，我可以申请让你加入我们的狙击手小组。"

　　花火看他愣着看自己，也顾不得许多了，把望远镜递给他："试一下！你只要把山坡下那些有白色布条的草人的位置按太阳的方向告诉我就行了。"

　　花火说完，便自顾自地认真用枯草与树叶隐藏自己，还在自己身边给皇甫昆留了一个位置，皇甫昆看着她，忽然微笑了一下，起身拿着望远镜趴在了她的身边，学着她的样子用周围的东西隐藏自己。

　　这女孩子是谁？她说，她叫花无缺？她拿的枪显然是给郑又见的枪，莫非，她就是郑又见要训练的那些人之一？

第八章 暗潮涌动

一

训练有一些小问题,但还算顺利。结束的时候,花火打算快点儿回去和队友们总结下发现的新问题,还有,她一定要找郑又见再谈谈。她心里想着事,也没多注意皇甫昆对她好奇与欣赏的表情,随手接过皇甫昆手里的望远镜,扛着东西就走:"谢谢你长官! 那我先走啦。"

皇甫昆看她扛着枪还拿着子弹和伪装装备,便伸出了手:"我帮你拿吧。"

"不用啦,长官再见。"花火虽是饭来张口衣来伸手的花家大小姐,但她向来没怎么把自己当成一个需要男人用绅士风度照顾的女孩子,只见她爽快利落地拒绝了皇甫昆,扛着她的装备,身形灵巧而快速地走下了山坡。

花火刚回到住所门口,迎面便遇上了有了训练计划来找她的郑又见。郑又见见她扛着一堆东西,随手就把最大的那个包接了过来:"关于狙击小组的事情,我有些细节要和你讨论。"

"啊?"花火见到郑又见,先是愣了一下,又听他竟主动与自己说话，一时竟有些无措起来。他顺手接过她手里的东西这个小动作，郑又见自己没有意识到，但在这段时间里可以说是受尽了他的冷漠对待的花火却意识到了。就好像以前在家里的时候，她总是兴冲冲地搬着什么东西，不管是做事也好，要去恶作剧也好，郑又见只要见到她手里有东西，总是会顺手替她接过帮她送到地方。那时候她习惯于他这样做，所以完全没有想到在郑又见眼里，自己是一个需要帮助的女孩子。此刻花火却忽然有了这样的感受，在郑又见面前，她自然而然地就成了一个被呵护的人，只是，以前她自己并不知道。

"郑又见，你不会不管爹的，是吗?"郑又见率先进了院子里，花火愣了一下，才跟了进去，她问了一个在她看来最重要的问题，只要郑又见不会不管父亲，那么其他的事情，她都可以不在乎。

花火这样忽然问出来的时候，郑又见正放好东西，顺便把他的计划书放在了小院的桌子上，花火的话让他愣了一下，最后还是淡淡地回了一个"是"。

郑又见的一个"是"字，就像一场细雨，让花火一直干燥与急切的心忽然滋润了起来，她笑了："好! 只要你不会不管爹就好。"

随后关大雷等人就回来了，郑又见开始与大家详细地说着他的目标与计划，花火也适时加上了自己的意见，一时大家竟又看不出来二人有什么隔阂了。

花火在情感方面其实是比郑又见单纯的，郑又见只要不和她生气，不用一张冷漠脸拒绝与她交流，即使此刻他只是在

一本正经地和她谈公事,她都觉得没有那么难受了。

二

　　郑又见把训练的项目安排得十分紧凑,一是战斗随时会发生,时间不等人,二是花火好不容易安下心来,他不想让她再胡思乱想,她若又钻起了牛角尖,他也难以应付。

　　接下来的一段时间内,花火与郑又见仿佛又回到了以前相处的时光,只是现在她忙得没空捉弄欺负郑又见了。

　　顾皑之在花火的训练下进步非常快,关大雷枪法很准,狙击时也是一等一的高手,就是脾气太急容易出状况,花火勒令冷静细心的线娘必须随时跟着他。线娘也算是除了花火之外唯一压得住关大雷的人。花火也存了一点儿私心,她看出来线娘对关大雷有意,线娘和她情同姐妹,她自不会委屈她。

　　顾皑之枪法也准,也足够理智冷静,但他胆小,身体也比较弱,有了身体强壮臂力过人的牛二做搭档,他感觉自己安全多了。

　　花火自己暂时没有观察员,郑又见空闲时也暂代之,偶尔郑又见没有空,花火就自己一个人去训练。有那么两三次,她一个人去训练的时候竟又遇到了皇甫昆,于是她大方地问皇甫昆是否有空陪她一起训练。

　　皇甫昆即使有事也欣然应允,花火对其他男人的关注不大,以为他不过是个普通军官,总是直言自己的想法,这让皇甫昆对她越来越感兴趣。

三个小组在训练的时候配合得非常好，训练成果几近完美，郑又见想扩大狙击小组的规模，便去找皇甫昆商量，没想到皇甫昆很爽快地答应了。

皇甫昆当然也明白，一直以来，在大多数战斗中，双方实力相当，国民党军队却少有占上风的时候，就是因为日军很多部队都配备有狙击手。

当然，花火也是让他想全力支持狙击队成立的原因。只有一个问题，向上面申请狙击枪装备，很可能会石沉大海，因为232旅的军饷素来都是捡其他部队的剩儿。皇甫昆告诉郑又见，狙击队要多少人都可以，但是，装备他很可能无能为力。

果然，没几天，上面便以酌情考虑为借口，拒绝了皇甫昆要装备的申请。

皇甫昆无奈，郑又见更是失落。

郑又见对国际最新军事情况与武器都有些涉猎，他非常明白日本人要全面侵华的意图，也明白在与日本人的遭遇战中，狙击小组将起到非常关键的作用。

花火来了之后，他没有像之前那样一意孤行地想赶她离开，一是因为郑又见知道花火的天分和能力，他一直也觉得民间的一些懂暗器的人其实就是天生的狙击手，他想训练一支狙击手队伍的想法，与花火一路上想成立个抗日小队的想法不谋而合；二来，他知道花火无处可去，花火艰难地寻他而来，他又如何舍得让她流落在外，独自面对残暴的日本人。

可这段时间以来，他也目睹了自己军队的懦弱与腐败，一腔热血渐渐冷却，一直想出一分力却无从下手，好不容易花火

来了,现下却是举步维艰。

三

郑又见内心苦闷,不觉走到了街上,见一间酒馆仍营业,便走了进去。岂料刚进门,便碰上了事,周馨正与后勤连的连长林大维在争执,周馨满脸怒火地将要离开,林大维竟出手将她抓住不让她走:"周医生,我林大维看得上你是给你面子!你就说吧! 这酒你喝是不喝?"

"不喝。"周馨目露怒火,满脸冰霜。她身形娇小,自不是又高又胖的林大维的对手,但她对他强行将她拉进酒馆这件事情非常愤怒,拒不配合。

"林连长似乎唐突了佳人。"郑又见走过去,扶了一下周馨,又拍了拍林大维的肩膀,借着巧劲儿将周馨护到了自己身后。

周馨喜出望外:"郑连长!"

"郑又见,你这是要惹老子吗?"林大维甩开郑又见的手,出言蛮横,"其他人顾忌你步兵连,我林大维可不怕!"自从郑又见因为劫了日本人的物资得到了皇甫昆的赏识之后,这短短的时间里,他不但自己步步高升,把步兵连也给打造成了232旅的头牌,在与日本鬼子的遭遇战中更是屡见战功,这让郑又见的风头渐劲之余,也引来了其他军官的不满。特别是像林大维这样的"公子帮",更是对郑又见这种平民派处处刁难。

"我倒不是要惹你。只是见林连长竟公然欺侮一个女子,这才好心提醒。"郑又见对于像林大维这样的军官,心里真是一百个看不起,就是因为有这种大蛀虫,军队才一盘散沙,屡战屡败。

"郑又见!"林大维大吼一声,"你以为老子不敢动手吗?"

郑又见笑了:"那林连长是还要再和我切磋一次吗?"前段时间林大维已经不止一次找过郑又见的事了,二人还在校场上较量过两次。郑又见虽然瘦,但这段时间的强化训练与战斗让他机敏灵巧,四肢不勤脑满肠肥的林大维哪里是他的对手,被郑又见摔了两次,林大维也消停了一阵,没想到在这里又遇上了。

"郑又见……你!"林大维火冒三丈,却不敢真正上前。郑又见微笑着说了声再见,带着周馨走出了小酒馆。

郑又见将周馨送回去的路上,周馨主动提起了狙击队的事情,说听说郑又见在训练狙击手,不知道进展是否顺利。

"还可以。"郑又见素来极少以心事示人,与周馨不熟悉,自不会将内心的忧虑告知。

周馨是个聪明人,整个旅的狙击枪只有四把,有一把枪还是破损的,这样如何成立狙击队? 她也聪明地猜到了郑又见的艰难:"我上次给几位日本太太出诊的时候,听来了一个消息,说小日本那边来了一批捷克制的好枪。"

"哦?"郑又见听周馨这么一说,不禁停下了脚步,一双深邃的眼眸看向了周馨。他没有问什么,只是观察周馨如此说话的意图。

四

周馨被郑又见看得心里有些慌,但她到底是做情报出身,很快收敛了心绪。她虽然凭直觉认为郑又见是正直可靠之士,但她的身份还不能向他透露太多,于是她微笑着说:"只是听来的,我也不知道真假。"

对于郑又见来说,她说的这一句话已经足够了,他自然会去查证。两人说着些医疗队上的事情,不觉就到了周馨的住所,这是县城北边的一个僻静小院落。郑又见很绅士地在门口停了一会儿,想等周馨进门了再走。周馨推开门,里面迎出来一个中年男子:"馨馨,你怎么回来得这样晚?我正要出去找你。"

"叔叔,我路上有点儿事,回来晚了。叔叔,我给你介绍一下,这位是郑又见郑连长,是他送我回来的。"周馨没有放过把郑又见介绍给领导的机会。

关于郑又见,周馨向钟雾槐提过。钟雾槐是中国共产党地下组织(简称地下党)在奉天城地区的主要负责人,在苏联留学过,内心充满了正义与理想。他的公开身份是奉天城民族学院的院长,周馨的一位远房表叔。

不久之前,中共中央根据各方资料,估算出日军可能会有更大的动作。果然,"九一八"事变发生了。国民党政府现在仍然只顾打压在野势力而不注重抗日,中共中央决定要把宣传抗日作为地下党的主要任务。

之前,钟院长参加了学院青年学生组织的反日游行,却因此被停职了。这些时间，钟雾槐与周馨寄居于雨水县城，一边收集情报，一边在国民党军队里发展可靠的地下党。周馨对钟院长提起过郑又见，称他为人正直、心有大义，不是那种腐败的普通军官。

"你好，我是馨馨的表叔钟雾槐……咦？小兄弟？"

钟雾槐主动向郑又见伸出了手，握了一下后，他忽然想起了什么，便又热情地握紧了郑又见的手："你还记得我吗？"

比起一年之前，此刻的郑又见高了壮了，因为战斗与训练也黑了些，但俊俏的眉目没有变，也令人记忆深刻。钟雾槐一下就认出来了他就是那位在巨流河边救过自己的青年。

"你是……巨流河！"郑又见看了钟雾槐，也终于想起来了眼前这位周馨的表叔，就是当初他在巨流河边上一起共患难过的中年男子，"见到你真是太好了。"

当初他们为逃命失散，他侥幸逃脱，一直都有些挂心那位受伤的中年男人是否已经脱险："您的伤，没事了吧？"

"幸得郑兄弟相救！现在好了！就是身上多了个枪眼儿，没事！来来来，屋里说话！"钟雾槐十分热情地把郑又见往院子里请，周馨半是惊讶半是惊喜，没想到钟院长与郑又见还是旧识，真是太令她意外了。

五

进了门，钟雾槐便张罗着泡上了茶，还让周馨去帮忙准备点儿下酒菜，他要和郑又见喝一杯，谢谢他的相救之恩。

　　郑又见与日本人的第一次正面遭遇,也是因为钟雾槐而起,这时候遇见,多少有点儿他乡遇故人的味道。加上钟雾槐十分热情,郑又见也暂时放松了心情小酌了两杯。

　　回到营地的时候,郑又见觉得自己有点儿不胜酒力,便想散散步去去酒气,没想到走着走着,便不自觉地走到了花火他们住的小院里。他听花火正在院里与大家商量着互相之间的暗号与各种战术,她清亮而又熟悉的声音让他有些着迷,便倚在墙外安静地听着。

　　人喝多了一点儿酒,情绪便更不易控制。这一段时间以来,郑又见虽暂时放下自己内心的纠结与花火一起筹备狙击小队的事情,但他一天一天眼看着花火因为他的一句话,对建立狙击小队这件事情充满着热情与专注,眼看着她一天比一天更具备了稳准狠的决断与能力,他以为自己能完全做到这样平静地与她相处的,就这样似姐弟,也似朋友,更是战友一般平静地相处就好。但是,他发现自己内心对花火的感情却不知不觉间变得更深了,而在此刻,他明白了,他根本不可能忘记她,根本不可能只把她当成一个普通的战友。

　　院里的花火在专注地做事,此刻的她心里有着一股气,她要让郑又见看到真正的她,并不只是一个只会捣蛋只会任性妄为的大小姐,她还是一个比那位周医生更优秀的战士,比起周医生,她能在战场上帮到他更多。

　　真正的战斗很快来临了,次日,皇甫昆、郑又见接到命令,在奉天城北边的刘山镇伏击日军后援部队,配合奉天城的收复之战。但情报似乎出了点儿错误,来的并不只是一部分援军,而是日军的主力部队,尽管皇甫昆与郑又见拼尽了全力,多次激战之后,大部队还是被日军围困在刘山镇旁边,离雨水县二十里之外的一个小山坳里。

自从郑又见跟着部队出去之后,尽管并没有接到战斗的命令,但花火还是坚决地让关大雷他们准备好家伙,后脚就悄悄地跟了上去。

出发之前,花火看着关大雷、顾皑之等人,说:"这次要来真格的了。我们也训练了这么久,是骡子是马该拉出来遛遛。有可能会没命,但是,那只会发生在你没有杀掉该杀的敌人的情况下。"

"无缺,我们没有命令,跟上去是不是不太好?"

顾皑之是怕的,关大雷于是扔了块毛巾给他,出声嘲笑:"顾公子你会吓得尿裤子吧? 这块毛巾给你垫裤裆!"

关大雷这么一说,惹得一向憨厚的牛二也笑了。顾皑之憋红了脸:"谁尿裤子了?"

六

"皑之,龙口城回不去了,顾家没了,你想自己也被日本人杀了吗? 你爹拼了命救你出来,就是为了让你被日本人杀掉的?"花火拍了拍顾皑之的肩膀,背着她的枪领头上路了。

顾皑之一咬牙,低头跟了上去。关大雷很是意气风发地跟在了最后。一行五人抄小路,到达的时候,战斗正酣,但日本人已经形成了包围之势。

花火观察了一下环境,决定先找出日军狙击手的位置干掉他们。他们埋伏在易观察全景之处,从莫名中弹的国军勇猛士兵与军官的方位,计算出了日军狙击手的位置,并且互相配合偷袭而杀之,随后五人各自占据有利位置,开始狙杀日军。

被困山坳之后,皇甫昆是绝望的,他带着整个旅的主力前来,眼下即使能够脱险,也将损失惨重溃不成军,到时候别说上面,就是他自己,也没脸再做这个232旅长了。但如果不战,日本人也一定不会放过自己。为今之计,唯有做困兽之斗,以期能留得性命逃出去再做打算。

日本人的攻击如狼群般凶狠,皇甫昆也拼死杀敌,一时间战斗胶着着。皇甫昆与郑又见都深知如此下去不是办法,不能突围迟早是个死。

两个人商量着,必须拼死将日军的包围圈撕出一个口子才能逃出生天。正在此时,郑又见忽然发现了日军出现了薄弱处,那里的几名指挥军官似乎都中弹毙命了。郑又见是多么聪明的人,他用望远镜观察了一下形势,马上就确定了花火就在附近,而且花火的想法与他一样,要将日军包围圈撕出一个口子让他们突围。

"旅长,我们有救兵。从这里,我有九成把握可以成功突围!"郑又见马上找到皇甫昆布置战术,二人各自带着部队,开始艰难突围。

这是花火的第一场正式配合军队的战斗,她没有什么经验,全凭敏锐的直觉,还有一颗绝对不能让郑又见出事的心。

皇甫昆首先带着部队杀出了重围,奔向了花火所在的方向,花火一开始以为郑又见已经带领部队突围了,皇甫昆走近之后,她在山地间跳跃奔跑着向部队飞奔过去,想确认郑又见的安全。

刚刚才逃出生天的皇甫昆,在一片混乱中,看到花火抱着狙击枪又帅气利落地跑了过来,就像一只灵动俊俏的鹿,他的心里忽然确定了一件事情。他之前之所以总是找借口冒充普通军官去陪花火训练,是因为这个女孩不知道什么时候已经住进了他的心里。

"郑又见呢?"花火直到此时都还没有与旅长正式打过照面,认识皇甫昆,却并不知道他是谁,所以抓住他急切地问郑又见的下落。

郑又见仍在包围圈里,皇甫昆这一支出来了,但是郑又见那一支并没有逃脱!

七

"回头!救人!我配合你!"花火说得干脆利落,迅速而准确地回到她的位置继续向日军开枪。此时的皇甫昆,本来是想放弃郑又见的,毕竟他已经逃出来了,但看花火如此执着,他又怎能在花火面前露怯?于是即刻整理队伍回头救人。

在皇甫昆与火狼队的精密配合下,已大大占了上风的日本军被打了个措手不及,眼睁睁地看着皇甫昆杀出重围又杀了进来,将已经处于必死之境的郑又见一队人给救了出去。

而且,不知何故,日军突然开始撤离,刘山镇暂时保住了。

232旅死伤惨重,但在花火小队的配合下成功突围后,还算保存了部队主力。营地里到处都是伤兵,医疗连那边,更是哀嚎一片。

一个角落里,包括皇甫昆与郑又见在内的几位受伤的军官,正在一起处理伤口。正好也在营地里讲课的周馨此刻也成了医务人员,她先帮皇甫昆取出了嵌进肩胛骨上的子弹,处理伤口与缝合之后,又去帮助其他军医处理伤势更重的郑又见。郑又见背部中弹的位置与皇甫昆相似,但更严重些。

"郑连长,你与皇甫旅长真有意思,中弹的部位几乎一模一样就算了,这肩膀上居然还有一个看起来一模一样的疤痕。"周馨只是恰巧发现,说出来活跃一下气氛,没想到原本还趴在手术台上休息的皇甫昆一下子就坐了起来:"你说什么?"

"我说你俩中弹的位置一样,还有一个一样的疤痕。仔细看,好像是朵莲花。"

周馨正给郑又见缝合,很仔细地又看了一眼他背上烙印:"郑连长身上的应该是年纪比较小的时候就有了的,痕迹比较浅一些。旅长你身上的那个深一些。"

听周馨这么一说,皇甫昆撑着起来,走过来看郑又见背上的疤痕,果然,与他背上那个极其相似!皇甫昆定定地盯着郑又见的背部,整个人都呆住了。

当年父亲精神有些失常,某天半夜忽然带着全家人离开了家开始逃亡。离开家时,他已经记事,而弟弟还在母亲的肚子里。逃亡生活十分艰苦,母亲生下弟弟没多久,就病故了。

父亲埋了母亲,决定将他们兄弟俩送人。父亲在把他送人之前,带他和还在襁褓中的弟弟在母亲坟前祭拜,随后用母亲生前所戴的银簪子在兄弟二人身上的相同地方烙下一个烙印。母亲那只银簪子上面的花纹,就是一朵莲花!

莫不是,郑又见就是那个从小就被送人的弟弟?想到此,皇甫昆激动得不能自已!被送人的时候,他已经八岁了,虽然所在的人家衣食无忧,但他和养父母不够亲近,他是寄人篱下长大的,从来没有得到过家人的关心爱护。

"你可知你的父母是谁?"此刻的皇甫昆找到弟弟十分激动,问郑又见这句话时,声音几乎是颤抖的。

八

"不知。花子敬是我的养父。"郑又见看着皇甫昆激动的眼神,隐约有些不安,可绝没想到的是,皇甫昆竟然一下拥抱住了自己,呜咽着痛哭起来,"娘!娘!我找着弟弟了!我找着他了!"

郑又见一下愣住了,在场的所有人也都全愣住了:什么情况?旅长与郑连长是失散多年的兄弟?

在营地休整了几日,郑又见才真正回过神儿来,他竟然有一个哥哥!而且竟然就是皇甫昆!兄弟相认的喜悦让郑又见心情好了许多,不但对其他人,对花火也和颜悦色,而且连花火来替他换药都没有拒绝。

花火虽然心疼他受伤,但是也很为他高兴。而变得温和

的郑又见让花火又燃起了希望,她觉得是因为自己在这一次
战斗中,以实力救出了部队的主力,所以郑又见开始对自己改
观了。

怀着这样想法的花火,真是有点儿小得意。

在皇甫昆为庆祝兄弟相认的小型聚会上,花火与关大雷、
顾皑之大谈特谈关于狙击队的将来,还给她的小队正式起名
叫"火狼队"。说起"火狼队"这个名字,还是她逃亡的路上日
本人给起的呢。言语间,花火难掩自己的小得意,一时整个人
神采飞扬,让本来在小声叙旧的郑又见与皇甫昆看得双双都
失了神。

宴后,郑又见和皇甫昆借着酒意深夜长谈,兄弟俩各自诉
说遭遇与理想,一时激动难耐。郑又见告诉哥哥,自己已经成
亲了,而皇甫昆也告诉弟弟,自己喜欢上一个女人,他应该见
过的……二人聊到了花火的各种特别之处,但却都不知道对
方和自己说的是同一名女子。

随后,兄弟二人也对战争局势深聊起来,皇甫昆对抗战前
途十分忧虑。刚刚的那一场战斗里被围困,原因就是本应该
前来支援的主力军不顾他的死活突然撤离,把他们像礼物一
样抛给了日军。长久以来,皇甫昆对于上级这样的命令已经
十分不满。

郑又见虽经验不多,但也觉得日军最后的突然撤退有些
奇怪,皇甫昆说这是花火的"火狼队"之功,要大大嘉奖。郑又
见想起刚才花火得意的样子,不禁低头微笑。

二人正说话的时候,警卫忽然进来,附在皇甫昆耳边低语,皇甫昆微微一怔,告诉郑又见自己有事,起身离去。

其实郑又见的直觉没错,日本军最后突然的撤离并非溃败,而是有意为之:

就在皇甫昆率兵再次杀回重围救出郑又见的时候,在日军指挥阵地上,日军联军队总指挥官田中直男从望远镜里看到了这一切,颇为嘉许:"我说我面对的中国军队为什么这样能打,原来是他。皇甫君,我们又见面了。"

下属奇怪地问田中直男:"您认识那个人?"

田中直男直言不讳:"他叫皇甫昆,是我们大日本士官学校培养出来的军人,我的同班同学。命令部队,停止攻击!"

九

皇甫昆走进主帐,一个便衣迎了上来,说的却是日语:"皇甫君,许久不见,你还好吗?"

皇甫昆愣了一下,这才认出来,来的正是日军联队的指挥官田中直男。他在日本留学时,与田中直男是同班同学。

"我能亲自来这里,自然是想与皇甫君成为朋友。"田中直男直言不讳,他是来劝降的。

"你觉得我与你会是朋友吗?过去同窗三年我们没有成为朋友,现在也不会。"皇甫昆虽然口头强硬,心里却颇为犹豫:他知田中在军中势力极大,此人居然敢独闯他的军营,这一点当真令他不得不服,但他还是口中称"送客"。

田中见皇甫昆如此态度,也不恼,反而直接告诉皇甫昆,

奉天城已经是他的囊中之物了,他的下一个目标将是龙口,而据情报,龙口最高长官顾家齐,曾和皇甫昆的父亲刘寿山是结拜兄弟,也是当年令刘寿山离家逃亡、令皇甫昆母亲惨死、一直想杀刘寿山灭口的仇人。但田中为了刺激皇甫昆,并未告诉他龙口城里的真相:此时日军已经与李参谋联络上了,李参谋已经霸占了龙口城最大的富户花家,并将顾家齐变成了傀儡。

皇甫昆听田中居然知道他们父辈的往事,心里又是一惊,日本人的情报已经细致到这个程度,这让他内心的隐忧更甚:"道不同不相为谋。今日你敢孤身闯我军营,我佩服你的勇气且放你一马。废话不必多说,我们战场上见吧。"

"是吗?皇甫君还是先别急着下定论的好,不如你再冷静地想一想,想好了再告诉我。"田中对于皇甫昆是了解的,不但了解他的身世,也了解他的脾气,以及他目前的处境,他有足够的耐心等待,"皇甫君,如果没有猜错,你部也将驻防龙口,到那个时候,你的顶头上司就是顾家齐,皇甫君不会认贼作父吧?"

皇甫昆冷着脸,没有回答田中,只是挥手送客。田中见皇甫昆已经被打动,只是还在犹豫,便笑着说:"皇甫君,你难道真不知道你今天为什么能把陷入重围的下属带出来吗?"

皇甫昆想起郑又见刚才的猜测,有些震惊地抬眼看田中。是的,他不明白日军处在绝对优势时,为什么突然停火。

田中直男说:"这是我特地为你留的光明大道,就凭贵国的落后体制和装备,你真相信你们能战胜大日本皇军?皇甫君,贵国的汪先生,就是一个聪明人。我的老同学,希望你学习他……"

皇甫昆一直没再说话,只是保持了送客的姿势。但是,田中示意他带来的那名日军的联络员留下的时候,皇甫昆没有出声。田中走后,皇甫昆沉默良久,叫了副官进来,让他给这名日军联络员找一套军装。

次日,郑又见首先发现了皇甫昆身边多出来的陌生面孔,皇甫昆说,这是他的新副官。郑又见心生狐疑,特别是昨晚二人聊得正好时,皇甫昆忽然神色有异地离开,到底是发生了什么事情?郑又见很不安,但到底忍住了没有多问。

十

周馨拿着钟院长特意交给她的东西找郑又见,去了郑又见的营房没见到他,便直接到训练场上来了。彼时郑又见正与花火商议火狼队的扩大计划,见周馨来了,想起此前周馨说,钟院长想送一件他特别需要的礼物给他,便丢下花火等人跟着周馨走了。

这段时间以来,花火不是第一次见到周馨来找郑又见了。她只觉得郑又见与周馨谈论形势自己却插不上嘴,心里郁闷。每次周馨一到,郑又见就义无反顾地抛下花火跟着周馨走,这让花火很难忍受。最让她受不了的是,不管她明着问暗着问周馨整天来找郑又见有什么重要的事情,郑又见就是不肯说。

哼,他不肯说,她还不能自己去打听吗?

第八章 暗潮涌动

花火还真的就去偷听了郑又见与周馨的谈话。她本来便善于隐藏与伪装自己，在军营中也没人对她设防，要接近郑又见，也不算太难。

周馨这一次来找郑又见，是因为得到了钟雾槐的同意，将他们牺牲了几名地下工作者才得到的关于那批捷克制狙击枪的详细情报送给郑又见。

虎口夺食的事情，郑又见不止干过一次，但眼下232旅的情报网不够给力，他再想得到这批装备，也有些举步维艰。周馨送来的这份情报，简直是雪中送炭。他虽然已经隐约觉察到周馨并不只是一个普通的女医生，但是，他也能感觉到，在抗日这件事情上，周馨与他的目标是一致的。

花火一行的小院里，花火让线娘关上门，"啪"的一声用手拍在桌子上："兄弟们，咱要干一票大的。"

花火从郑又见、周馨那里听来的消息，就是日本人近日将要运来一批杀伤力巨大的新装备，而郑又见正为装备老旧而发愁。郑又见有心率领大家做一回好汉，但苦于暂时没有确切的路线图。

一听要抢劫日本人，关大雷"嘿嘿"一声，说这是自己的老本行，他当然要大加支持。

"但现在还不知道货在哪儿。"花火那双古灵精怪的清亮双眸环视了一圈众人，"是时候让他们知道我们火狼队真正的作战能力了！"

"无缺，你要做啥？"和小时候一样，顾皑之一看到花火的这种神情，就知道她又要闯祸了，"日本人的子弹可不长眼睛呀。"

"你怕啥？这次你还是在暗处。你和关大雷都在暗处，我自己去。"花火已经有了一个计划。

"什么计划？"关大雷也有点儿怕花火冒险，"娘的，不管什么计划，你都得让我跟着，不然老子不配合！"

"说不配合你就能不配合呀？谁是队长来着？"花火瞪关大雷，关大雷一看她的脸，心软了，语气也软了："好好好，你说了算。"

关大雷这副为了花火没有底线的样子，让一旁的线娘看得心里真似闷了一壶冰水。

第八章　暗潮涌动

第九章 雾里看花

一

郑又见周详思虑之后,决定正式拜访一次钟雾槐。周馨送来他特别需要的情报,又见能理解到的是,要得到这样的情报,背后有着怎样的艰险。又见素来心思缜密,虽能感觉到周馨与钟雾槐并无恶意,却也没有十成的把握保证钟雾槐对自己不会另有所图。

花火做好计划趁着夜色出发的时候,郑又见也提着一壶酒,没有事先告知周馨就敲开了钟雾槐的小院门。

钟雾槐看到郑又见,先是有些意外,但很快热情相迎。周馨从里屋出来,也十分意外。但二人都没有表现出来不喜,这让郑又见的心稍松了一分。

酒过三巡,郑又见决定不再寒暄,他看似平静却十分突兀地把心中的疑问说了出口:"钟先生让周小姐送给我的东西十分珍贵,又见心中惶恐,此来其实是想问一声,钟先生何以对又见如此慷慨?"

郑又见直白的提问,让钟雾槐不由得愣了一下,他盯着郑又见的眼睛看了一小会儿,心中暗服这个年轻人的心思与胆色,略一沉吟后,钟雾槐的老江湖经验告诉他,对于郑又见这样的人,越坦诚便越容易取得他的信任,于是微笑着说:"如果我说这是为了报答郑兄弟的救命之恩,郑兄弟会信吗?"

郑又见老实地回答了他的问题:"不信。"

"'九一八'事变过去两年有余,以郑兄弟之见,政府军的抗日措施如何?"钟雾槐见郑又见坦白,他也没打算再绕圈子,直白地问出了郑又见心中一直纠结的问题,郑又见愣了一下,点头承认:"上面主次不分,全军消极怠慢,抗日效果甚微,日本人气势更盛,假以时日,恐国之将破。"

"说得好。"钟雾槐此刻对于郑又见的坦诚又多了几分欣赏,当下也不再避忌,坦言自己是地下党,此番将收集的情报送给郑又见,一来想合作抗日,二来是消除国民党军官对共产党的成见。

钟雾槐还表示,地下党在日方有渗透,如果郑又见有了作战计划,奉天城的全部地下党都将全力配合,务求此战能大挫日军的锐气。

郑又见见钟雾槐坦诚相见,于是也打消了疑虑,与钟雾槐把酒言欢,畅谈局势与中国目前的困境。郑又见对近来中共的一些抗日措施十分赞赏。老钟提出这一年多的抗战,国民党节节败退,士气低落,降将如云,投降气氛严重,十分令人痛心。这番话正中郑又见的心事,他已经查出皇甫昆身边那名新副官是一名日本人,他内心对皇甫昆的真正想法感觉到十分的忧虑。

钟雾槐坦言皇甫昆是国民党内难得的一员硬将,但皇甫

昆在日本留学过,就怕他有亲日的想法。听说郑又见与皇甫昆是亲兄弟,希望郑又见能看在国之将破、家亦难保的大局上,帮助皇甫昆坚定地继续抗日。

二

听钟雾槐此言,郑又见加深了对哥哥的疑惑,想到钟雾槐做情报工作,于是严肃地问钟雾槐,是不是已经有迹象表明皇甫昆会投降日军?钟雾槐告诉他目前还没有发现,但有消息指出日方总指挥官田中直男对皇甫昆十分欣赏。

听了钟雾槐的话,郑又见若有所思。钟雾槐诚意邀请郑又见加入共产党,一起为抗日事业奋斗。郑又见以自己是一名军人为由,委婉地拒绝了加入共产党之事,钟雾槐并未强求,反而坦诚地说,政见不同,不等于抗日之心不同,不管郑又见是否是共产党,自己支持郑又见抗日的决心都不会改变。

钟雾槐的坦诚态度,取得了郑又见的信任,二人又商议了一些行动的方案,郑又见才起身告辞。回到营地,郑又见心事重重,莫名地觉得有些不安。想起两天前周馨当着花火的面把自己叫走,花火一向都会闹点儿小情绪,而这两天她竟然一点儿动静都没有,不会出了什么事吧?

郑又见越想越不对,赶紧去了花火他们的小院,结果却发现,五人和他们的装备都不见了。郑又见正急着要出去找,却见顾铠之与牛二慌乱地跑了回来。顾铠之一看到郑又见,手里的狙击枪都扔开了，上来抓住郑又见就要掉眼泪："又见！无缺！无缺她出事了！"

"无缺她出事了"这五个字听在郑又见的耳朵里，无异于晴天霹雳，他的眼神顷刻间化成刀锋，盯着顾皑之，反手用力扣住顾皑之的双臂："她怎么了？"

顾皑之本来就慌乱，见到一向冷静温文的郑又见一反常态，更是吓得眼泪都出来了："呜呜，又见，无缺被抓了！"

花火原本设想得很好的，今天好像是日本的一个什么节日，日本人请了歌舞团表演，她乔装了一下跟着歌舞团进了日本军营，之后随机应变打听那批新枪的消息。关大雷、线娘与她同行，互相有个照应，顾皑之则负责埋伏在射程内的地方，以备她逃跑时出意外的话负责开枪给她掩护。

一开始很顺利，花火给日本军官们表演了飞针绣花，只见连着彩色丝线的针在她手里一枚一枚地飞出去，不一会儿就绣出了一朵樱花，引得日本军官使劲地喝彩。

随后花火还牺牲了一点儿色相，陪一个日本军官喝酒，还让那个军官半推半就地拖着她去了军官的营房。进屋之后，花火就用绣花针搞定了那名军官，随后开始寻找她想要的资料。

在田中直男出现之前，一切都还算顺利，花火甚至已经找着了一份日本人训练狙击手的资料，同时似乎还发现了一些日本人的大秘密。但她还没来得及将那些机密收藏好，便被迅速而至的田中直男给抓住了。

三

是关大雷首先露出了马脚,他见花火被军官拉进了营房,赶紧跟了过去,半途却发现了线娘同样身陷囹圄,线娘不及花火机智也不会使绣花针,眼见毫无还手之力,关大雷只得出手相救。关大雷杀死那名想奸污线娘的日本军官,他的心思不如花火缜密,一个男人也比女人更容易引起注意,他杀人的动静有些大,很快被追杀。可他还记挂着花火,非跑到花火所在的营房来,结果倒好,花火也暴露了。

花火的身上什么也没搜出来,田中直男饶有兴趣地看着花火,这名极有可能是奸细但却丝毫没有惧色,甚至还有点儿看不起自己的女子让他产生了好奇。不怕日本人的中国人他抓过不少,但在日本人面前居然有一种毫不在乎的骄傲的中国人,他倒是第一次见。

"你来这里,要拿走什么?"

"我听说你们有一种枪,很远的地方都能百发百中。我从小就喜欢暗器,就想来看看是什么样的。我是江湖人,刚才我还给你们表演了绣花针绝技呢。别的我不懂,就是喜欢暗器之类的玩意儿。暗器,你听说过吗?听说你们日本人有一种行走江湖的人,叫做忍者,也用暗器的。听说忍者很厉害,不过,我们中国的暗器大师那才叫厉害。"花火将自己描述成一个暗器爱好者,她说得半真半假,对日本人半褒半贬,一时也让田中直男难以分辨。

"你懂我们日本忍者的武士道精神?"田中直男曾是日本

传统武士道的忠实拥护者,听花火说她为了见识一种暗器,竟敢勇闯军营,一时更对她好奇起来。

"你们日本的武士道算什么?我们中国的暗器道才厉害。"花火一脸不屑,说得非常认真,"我们中国人飞花摘叶都能当成武器,你们日本人能吗?"

"飞花摘叶?"田中直男笑了,"飞花摘叶那么厉害,你何必来见识我们日本人的枪?"

"武士道精神不也是要不断进取吗?听说有更好的暗器,我当然要去见识见识呀。"

花火胡搅蛮缠得理所当然,一时让田中直男都有些失笑,都有些相信她就只是一个痴迷暗器的小女孩了:"中国军队也有这种枪,你怎么不去找他们看?"

"他们的都是破铜烂铁,我要看当然是看最好的了。"花火说话直白,毫不掩饰对国民党军队的不屑,又把田中直男给逗笑了:"我们大日本的装备确实是最好的。"

"口说无凭,给我见识见识,我就相信你。"

花火挑衅地看着田中直男,她面目俊俏,眼神明亮毫无惧意,倒令田中有些欣赏起来:"我给你见识,你拿什么和我换?"

"我教你用一枚绣花针把一个人打成哑巴。"花火也爽快。

"我不信有这样的绝技。"田中直男哈哈大笑。

"要试试吗?"花火也微笑着看田中直男。

四

当花火当着田中直男的面,用一枚绣花针快准狠地让田中直男身边的一名翻译官变成哑巴之后,田中直男不禁眯起了眼睛:这姑娘有此绝技,又胆大心细,好好训练,说不定是一名出色的超级杀手。

田中直男命人拿来一把狙击枪给花火看了,还向她"炫耀"了新枪的性能。花火一脸极其痴迷的样子,围着那把枪向田中直男问了很多问题。

田中直男此举,本来是想试探花火,此刻见她真的喜欢这枪,问出来的问题半是无知又半是对其"暗器"性能的崇拜,一时对花火更疑惑起来。

田中直男试探性地问花火,如果他给她这把枪,让她去杀中国人,她愿意吗?花火专注地看着那把枪,根本看都不看田中一眼,挥挥手说:"中国人懒惰自私又胆小,杀了也是替天行道。"

听到花火这句离经叛道的话,田中直男倒有几分欣赏这女子的狠劲儿了:"那花姑娘就不要走了,在我这里玩枪,帮我杀人吧。"

"这把枪能送我不?送我就行。"花火一副迟钝的样子,仍然专心地研究,头也没抬地答应了田中直男。

田中直男哈哈大笑之时,外面忽然响起了炮声与枪声,他面色一凛,示意左右看着花火,人就往外面走了出去。

田中直男得到情报说皇甫昆欲对他新运来的装备下手,但他决没想到的是皇甫昆如此快就动手了,而且似乎是里应外合,声东击西。夜色深沉,一时也无法判断皇甫昆的主力在什么方向,只得全力去保护新装备的所在地。

田中直男此举正中郑又见下怀,他带着主力直扑花火所在的地方,花火见田中离去,也不管,一味专心研究那枪的样子,待外面杀声临近,她才反手用绣花针干掉了两名日本兵,背起新枪就走。

趁着田中直男被打了个措手不及,关大雷与线娘也在惊险中得救了。

见花火等人已经得救,郑又见赶紧下了迅速撤退的命令。虽然小有损失,但也没有动着田中直男的根基,只是已经打草惊蛇。但是,总算把花火救回来了。

郑又见心里松了一口气,远远看花火,确认她安全无伤之后,他冷着脸不再理会她。

此时花火却是兴奋的,她虽然没有拿到任何资料,却得到了一把新枪,还看到了日本人对狙击手的训练计划书,她很想和郑又见讨论一下,一来让郑又见知道她比起周馨来并不差,二来也想早点儿增强实力,让郑又见和她一起回去救父亲,于是兴冲冲地追到队伍前头找郑又见:"郑又见,你猜我今天发现了什么?"

刚刚死里逃生才没多久,这就开始没心没肺,郑又见看着花火的笑脸,心里更是气不打一处来。他冷漠地看着花火,夜色中他的眼神就像一把冰刀:"你知道你今天的任性,让多少人为你丢掉了性命吗?"

五

"我……我又没有叫你来救我!"花火认为,郑又见不来,她也自有办法脱险。

"花火!"郑又见忽然大声地吼出了花火的名字,这让花火愣了一下。郑又见很少叫她的名字,自从她坚持让别人叫她无缺之后,几乎所有的人甚至包括爱她如命的父亲都在她的坚持下叫她无缺,只有郑又见,不管她是打是骂还用什么方法,他就是坚持叫她火儿。但是,郑又见从来没有叫过她的全名。所以,郑又见的这一声吼,让花火真的愣了一下。

但随后,她又感觉到了莫名的委屈:"郑又见! 你吼什么! 你有病吗? 你对别人就温柔和气,为什么就是对我不是吼就是指责! 你叫我训练狙击队我训练了,你叫我暂时不要回去救爹爹我也同意了,可你还是骂我,我到底做错什么了?"

"你任性妄为,不将别人的性命放在眼里,自己想做什么就做什么,毫无组织,毫无纪律。你以为你还是花家的大小姐吗? 这是军营! 这是战场! 不要连累别人为你送命!"

郑又见一句比一句严肃,一句比一句冷漠:"你最大的错误,就是你自己做错了还觉得是别人的错!"

"郑又见! 你是个混蛋!"花火被郑又见骂得是真要气死了,但她到底也知道自己今天的行为十分危险,刚才的战斗要不是郑又见指挥得当,很有可能会导致更多的战士丧命。可即便是她错了,又见也不能当众这么骂她呀!

"我是混蛋，但我也没拿别人的性命开玩笑！"

郑又见又冷语说了一声，转身离开，再也没理过花火，花火虽然知错，但也觉得委屈，一时气得直跺脚："郑又见！信不信我一枪毙了你！"

花火、郑又见二人当众大吵了一架，花火越想越生气，越想越委屈，回到营地之后，便把自己关进房间里谁也不理。

郑又见将关大雷与顾皑之等人叫去，又是极严厉地训了一番，命令他们做好本分，不要让好不容易才成立的小队再次涉险。

关大雷几人回到小院后，关大雷还担心花火不开心，想去安慰，要进门却被线娘强硬地拒绝了：花火已经睡着了。

花火吵架的时候特别厉害，但火气来得快去得也快。她睡了一觉后，觉得自己昨夜确实因为冲动而令不少去救她的兄弟们丢了性命。吃了早饭之后，她便觉得她不生郑又见的气了，她决定去找郑又见道歉，好好解释一下昨晚的事情，顺便说一说她的训练计划。

没想到刚到郑又的营房，便看到周馨被副官恭敬地领了进来："周医生，连长正等你呢。"

说着，副官看到花火："哎，花火姑娘也来了。"看到花火，副官一时有点儿为难。周医生是连长的贵客，可花火姑娘也是连长三五不时就会关注的人，可这会儿总不能让两个姑娘同时进去吧？万一打起来怎么办？唉，他们连长长得好看又有本事，喜欢他的姑娘太多也是一件烦恼事。

六

看到周馨,花火心里难掩酸楚,匆忙地说了声:"哦,你们谈吧,我一会儿再来。"便匆匆走了。

郑又见在屋里,听到了副官在外面说话的声音,他知道花火来了,但不知道她是否还生气,昨天他对她说话,确实狠了些。郑又见心里不安,招呼周馨坐下后,悄悄吩咐副官把一盒点心给花火送过去,那是昨天他从钟雾槐那里回来的路上,特意拐到一间点心铺去买的。前些天训练,她说想起了父亲,还有父亲爱给她买的点心。现下形势艰难,要找着一模一样的点心也不容易。

花火回到小院,郁闷地看着昨夜从日本人那里得回来的新枪发呆,没一会儿,只见线娘拿着一盒点心进来了:"大小姐,姑爷给你送点心来了。"

"你叫谁姑爷呢!"花火瞪了线娘一眼。

线娘一愣,想起花火自从找着郑又见之后,二人就隔三差五地闹着别扭,心情好的时候,说什么都行,心情不好就不许她叫郑又见姑爷,细思量一番,捂嘴一笑收起了点心盒:"既然大小姐不要,那我就拿去分给牛二他们啦,反正几个大老爷们有多少吃的都不嫌弃。"

"放下!"听线娘这么一说,花火也知线娘看出来了自己的口是心非,瞪她瞪得更厉害了。

线娘笑得更欢,她把点心盒放在桌子上打开,仔细地拿出来几个给花火摆好:"虽然不知道姑爷为什么和那位周姑娘交往，但我觉得姑爷做事一定有他的理由。你看，这么久以来，你吃的穿的，他哪样不记挂在心上？我呀，不知道要多羡慕大小姐的福气呢。"

"他哪里记挂我了？整天不是对我冷冰冰，就是开口骂我！"

花火嘴硬，心里却软了几分，拿起一块点心吃："你也吃，我现在也不是什么大小姐了。"

"在我心里，你永远是我的大小姐。"线娘笑着给花火倒上茶，"走到哪儿，变成啥样，都是我的大小姐。"

"成。你对我有义，我也不会对你无情。放心吧，我一定把你嫁给关大雷。"

花火一本正经地开玩笑，并不意外看到线娘窘迫成一张红脸："大小姐！"

"你不喜欢关大雷？也是，关大雷那人粗野无礼，也不会关心人。那牛二怎么样？我昨天看到他帮你挑水了。要不顾皑之？他胆子是小了点儿，但心地不错。"

花火故意乱说，线娘急得满面通红："大小姐，你！"

"都不要？那行，我再给你物色物色。"花火笑得更欢了。吃着郑又见送过来的点心，又开着线娘的玩笑，她本来便心思单一，这下便也不觉得生郑又见的气了，想过一会儿去找郑又见认真地说一说回龙口城的事情。不知不觉已经大半年过去，也不知道受李参谋控制的父亲如何了，她虽然在这里过得充实，可每每心里想起父亲，实在难以心安。

七

"郑又见,我们谈谈吧。"

花火终于在一次训练之后,忍无可忍地在路上把匆忙的郑又见给拦住了。

这几天,郑又见一直在为接下来的艰难战斗做万全准备,他几乎三天三夜没能闭过眼了。疲惫与紧张占据了他的全部神经,花火的忽然出现,让他瞬间放松了下来,但是他心里感觉到的并不是欢喜,而是更沉重的感觉。他欠花火,欠花家的实在是太多了。

郑又见年纪虽轻,但他自小心思细密谨慎。心思细的人遇着事情的时候,便难免考虑更多,他……并不是不喜欢花火,更不是不想与她在一起,否则也不会半是激将半是鼓励地将她留下来,让她充分发挥自己的才能与天分。

半年多过去,狙击队在花火的带领下现在已经卓见成效,她就像一只凤凰,迟早是会展翅高飞的。她应该会遇到更好的男人,郑又见希望她能安稳地度过人生,而不是因为自己喜欢她,明知是世仇却仍用成亲的方式把她绑在身边。如今她清清白白,即使将来知道了他们不共戴天,她也可以清清白白地离开,不会因与他有婚姻而纠结痛楚。

思虑至此,郑又见便再次将冰冷的面具戴上了:"我很忙。"

"我知道你很忙,你忙起来没个头了都。但是,你说过你不会不管我爹的,可这都过去多久了?你只顾着和那位周医生卿卿我我,你记得爹还在龙口城里受苦吗?"

花火本来想好好和郑又见谈的，但是郑又见的冷漠让她无奈又愤怒，提起周馨，她内心更像烧起了一团火："你不愿意成亲我已经答应了，可你答应过要回去救我爹的！"花火说得激动，一下就扯到了昨日训练时受伤的腹部，痛得她不禁"哎"的一声弯下腰去。

"你怎么……你回去吧！"郑又见见她痛得弯腰，忙问她怎么了，一只手也下意识地伸出去要扶她，但伸到半途又缩了回来，话也换成了冷漠的"你回去吧"。她昨日训练受伤的事情他是知道的，侧腹部割了一道口子，还叫了女军医过去缝了针。但他既然已经决定不再招惹她，便不能多给她关怀。他是明白她的，花火这个姑娘没有隔夜仇，他若是明着关心她一点儿，会令她往后更难受。坚定了想法，郑又见一咬牙转身走了。

花火站在原地，伤口痛，心里更痛。郑又见为何会变成这样？她不知道。她只知道，以前的郑又见是见不得她受伤的，她在外面闯祸受伤，他总是一边数落她一边帮她收拾烂摊子，一边还会事无巨细地照看她好好养伤。她不知道他为什么变成了今天这样，很多次，他在训练场上眼睁睁地看着她摔倒或者受伤，那些她可以理解为训练，可是现在呢？已经不在训练场上了，他为何还如此冷漠？

八

花火沮丧地回到住处，线娘见她腰间的衣服都有了点点

血迹,大惊失色地扶她坐好:"大小姐你做什么去了?这是才缝好的伤口裂开了吗?我去叫医生!"

"没事。"花火抓住线娘不让她去,自己慢慢地平躺在床上,闭上了失落满满的眼睛。

线娘心细,见一滴眼泪从她眼角掉了下来,忍不住轻轻地问了一句:"是不是姑爷他又说什么了。"

"他什么也没说。"就是因为什么也没说才伤人呀。

线娘见花火如此伤心,也不知如何安慰。花火与郑又见有没有感情,线娘是知道的。自小大小姐欺负郑又见,哪次不是郑又见让着她?大小姐虽然聪明,但郑又见更聪明。大小姐心思单纯,而郑又见年纪虽小,可他读书好会算账,做什么事都不用老爷操心,还事事都暗地里为小姐考虑周全。可以说,大小姐在龙口城里闯了那么多祸却没被人人喊打,大多是郑又见的功劳,因为每次大小姐做了什么坏事,都是郑又见去收拾烂摊子。小小的少年就得与人谈判拉拢人心,为的都是不想让小姐受伤害。这样子一过就是十多年,说郑又见对小姐没有感情,她线娘第一个就不信。

"大小姐,你想不想知道姑爷心里有没有你?"

线娘说这话的时候,已经替花火重新包扎好了伤口:"这一个人心里要是有了人,是见不得对方和另外一个人亲近的。不是有句话说吗,情人的眼里容不得沙子。不如,大小姐你试他一试?"

"怎么试?"对于男女感情之事,花火比线娘更单纯。她从懂事起,心里就只有郑又见一个,也从没想过他会像今天这样冷漠地对待自己,所以也只懂得烦恼,并不知道要如何处理。

"我看旅长最近特别关心你,昨天你受伤的时候,旅长亲自带着女医生过来了呢。"线娘帮花火出馊主意,说让花火故意与赏识花火的皇甫昆亲近,这样郑又见如果心里有花火,那么一定会妒忌。

"这有用吗?"花火不懂为何要这样做。线娘没拿自己看到关大雷讨好花火时心里就会妒忌做例子,而是问:"大小姐,你见到郑又见与周馨友好时心里会不会难受?"

"会。"

"那不就是了? 你喜欢姑爷,看到姑爷和别人在一起你会难受。如果姑爷喜欢你,那他看到你和别的男人在一起,肯定也会难受。"

按照线娘的计划,花火伤口稍好之后,便由线娘给她打扮了一下,约上皇甫昆陪她上街买东西。

皇甫昆这些日子以来,只要稍有空闲,便总有意无意地往狙击队训练场这边跑,为的就是多和花火相处一些时间,没想到花火竟然会约自己一起出去,自然欣然前往。

花火穿了一身十分洋气的米黄色裤装,她个子比较高,身形也不似那些四体不勤的小姐那般松松垮垮,看起来真是俊俏又帅气。

九

见皇甫昆看着花火的眼神都快移不开了,线娘有些小得

意。花火这身衣服是线娘特意选的。衣服是郑又见让人给花火捎过来的。线娘知道以前在老家的时候,姑爷也喜欢给大小姐买那些看起来比较洋气的衣服,有裙装有裤装,都特别适合大小姐。

线娘觉得这就是姑爷喜欢花火的证明。花火呢,她整天不是训练就是上战场,爱穿比较方便的军装,今天这身米黄色裤装她一直都没穿过。虽然她不再是大小姐了,但她的大小姐脾性却还在,她向来不太关心吃穿之类的,线娘给她准备什么她就穿什么,反正以前她总爱穿着男装,也不见郑又见对她有什么意见。

花火穿着这么一身,活脱脱一个娇俏潇洒的小少爷,就那么和皇甫昆说说笑笑地出门去了。关大雷瞪大一双牛眼,气不打一处来!除了警察队长顾皑之,精英连的连长郑又见,现在他的情敌又多了一个232旅的旅长!

除了关大雷,顾皑之也一脸沮丧:"无缺都多久没穿这么好看了!你们不知道吧?我们无缺以前也是龙口城里不少姑娘的意中人呢。"

"闭嘴!"关大雷这些天早就看出来了,皇甫昆对花火明显是男女之情。但他还庆幸花火单纯不知道皇甫昆的心思,怎么这会儿就变成这样了?

关大雷瞪着线娘,冷声问:"怎么回事?"

见皇甫昆竟然高高兴兴地真的陪着花火出去了,线娘心里也有点儿慌张,关大雷这么一问,便更慌了,一时没瞒住,便将引郑又见妒忌的计划说了出来。

"胡闹!"关大雷一拍桌子,线娘吓得抖了一下,但她想起平日里关大雷就是只看到花火,丝毫不将自己放在眼里,也十分生气地回他:"我怎么胡闹了? 这些日子你没看出来吗? 姑爷对大小姐不冷不热的,大小姐受伤他都不问一声,大小姐都哭了。"

　　"她哭了自然有我安慰! 郑又见算个什么东西!"关大雷有些口不择言,线娘也不肯再将就他,出口讥讽他自作多情。关大雷被戳到痛处,大声地对线娘吼了起来。

　　花火回来时,线娘还在为关大雷的固执伤心,想到关大雷是为了花火才如此对自己,不禁对花火有些生气。花火见线娘不似平日般对自己细心温顺,再想起刚才关大雷那一脸火气,便知晓二人大概吵架了:"关大雷那个臭石头惹你生气了?"

　　"他不是臭石头。"线娘冷哼,但说完后又觉得不好意思,一时窘迫紧张起来,"大小姐……我……"

　　"线娘,我同你讲过吗?"花火盯着线娘的眼睛,一字一句地说,"我心里只有郑又见一个。他同意娶我也好,不同意要解除婚约也好,我这辈子,就只嫁给他一个人。我知道你的意中人是关大雷。我们是姐妹,对我来说,你也是我的亲人,我不会伤害你。"

十

　　听花火说这些话,这一路来都觉得自己孤苦伶仃的线娘

的眼眶都红了："大小姐。"

"关大雷是块木头，他现在不懂，总有一天他会懂的。"花火鼓励线娘。

"姑爷肯定是喜欢大小姐的。大小姐你也要相信。"线娘信心满满，大小姐对她这么好，她得为大小姐做点儿事情。

花火苦笑一下，没有说话。适才在街上，她和皇甫昆恰巧与郑又见和周馨相遇，郑又见竟面色如常，丝毫没有妒忌难过的神色。这真叫她心里难受。

在街上见到花火居然穿着他命人给她送过去的衣服与皇甫昆在一起的时候，其实郑又见心里难受至极，但他还是忍住了。待花火走后，他匆忙与周馨告别，独自沉默地回到了营地，继续为接下来这一战做充分的准备。他心中郁闷无处可诉，唯有在痛击日本人的时候能一抒胸臆了。

没多久，皇甫昆也回来了。郑又见见兄长面有喜色，本想与他提起花火身世的想法又压了下去，转而与皇甫昆商量此次战役的计划。

皇甫昆听郑又见说起这次大胆又冒险的反攻计划时，先是惊讶，既而咬牙附和。"九一八"事变以来，日军步步紧逼，上头的密电里却只提"剿共"不提抗日，皇甫昆内心焦炽却无计可施。他多次被日军逼到弹尽粮绝却无人救援的境况，令他十分失望。

对此，郑又见也是难以明白，国难当头，为何上级的密电只讲打击共产党而不提抗日？此次战役郑又见已经决定与钟雾槐所领导的地下党结成联盟，里应外合，给日本人一个痛击。此时的郑又见，失望于国民政府的懦弱，内心已经逐渐倾向共产党的共同抗日理论。

因为狙击队在此战中占据极其重要的作用，花火也很快顾不上儿女情长，而是加强了战术训练项目，将她在日本军营里看到的招数全给关大雷他们用上了，就是为了保证能够帮郑又见一战告捷。

周馨很快带来了另一份确切的情报：田中直男在上次被花火闯军营打草惊蛇之后，改变了这批军火的运输方式与路线，地下党是牺牲了一个小组才送出来这份十分珍贵的情报。

在郑又见与皇甫昆的周密部署下，232旅设置埋伏，声东击西，加上火狼队的完美配合，不但抢下了田中直男的军火物资，还出其不意地给了田中直男一记痛击，232旅以迅雷不及掩耳之势，一举收复了奉天城附近的几个重要城镇，对奉天城形成了包围之势！

这一战一时全国震动，各大报纸纷纷报道，极大地鼓舞了抗日士气，也让一直极高傲的田中直男有些灰头土脸。

只是，232旅立下如此大的功劳，上面却并没有什么实质性奖励，只是通报了一下，晋232旅为232师。虽然成了232师，可兵还是那些兵，枪还是那些枪，上头一毛不拔，皇甫昆空有名头，却没得着丝毫好处。

皇甫昆心中郁闷，便约花火散步，花火应允。花火兴奋地说着各方对232师的赞许，她妙语连珠，声音也娇俏可爱，皇甫昆虽心里郁闷，却也感觉开怀不少。

第十章　暗夜火花

一

"怎么回事?"郑又见看到来找自己的周馨衣服上一片污迹,俊眉不禁微锁:近日来花火爱上了捉弄周馨,不是害她摔倒,就是在她经过时泼她一身水。

"没事儿,不小心弄到的。"周馨是聪明人,她早看出来了花火与郑又见之间有情却也有矛盾,郑又见为工作与自己走得近,花火十分不满,最近更是经常对她各种捉弄,"花火小姐主意真是多呢,难怪日本人现在都怕火狼队。"

"哦?日本人提起了火狼队?"郑又见挑了挑眉,十分感兴趣地问。

周馨见他竟不再追究花火对自己的捉弄,反而对花火的火狼队有兴趣,心里免不了有些难受,但她仍然大方地说出了近来日本军队中风传中国军队有一支杀人于无形的火狼队的传言。

郑又见听着,心中自是十分高兴。

花火正好此时进来,一眼看到的便是郑又见与周馨相谈甚欢的情形。特别是郑又见脸上那种温柔的笑容,像一把刀抹过她的心脏，让她觉得疼痛难忍："我打搅了两位了吗？郑旅长最近真是春风得意呢，打了胜仗，又有佳人相伴。"

花火说得酸溜溜的，郑又见听着心里又是好气又是好笑。最近花火与皇甫昆刻意接近，想引发自己的妒忌。而花火自己又妒忌他与周馨相处融洽，矛盾起来，一时想努力讨好他，一时又像现在这样出言讥讽。他心里是妒忌，也为她烦恼为她忧愁，可是他每次都呵斥她了，以为她会知难而退，却断没想到这花火越战越勇，他越是对她冷漠，她就越是想办法往他身边凑。

"你又往周医生身上泼水了？"郑又见没有正面回答花火的调侃，而是一脸严肃地问她。

"什么叫又？不是我！"这一次确实不是她，而是线娘。其实每一次都是线娘出的主意，大多数也是线娘动的手。她花火才不会玩那么低级的恶作剧呢，她要么不干，要是她捉弄起周馨来，哼，去问问龙口城里的人，谁不知道她花火的本事？

"不是你？除了你还有谁！"郑又见不分青红皂白，厉声对花火一顿数落。

若只有二人单独在还好，这些日子来，花火也快习惯郑又见的冷脸了，可这是当着周馨的面呀。

一想到郑又见对周馨温柔和气，对自己却这样冷酷无情，从不掉眼泪的花火一时眼泪汪汪，却倔强地不肯让眼泪掉下来："郑又见，我与你，是做不成夫妻，连姐弟都没法好好做了吗？"

花火这句话问得凄切，郑又见抬眼看见了她眼里不肯落

的眼泪,一时愣住了。他从小就很少见她落泪。她一向开朗乐观,虽然任性,却遇到什么事情都能想得开不记仇,她一向就是男孩性格,极少哭泣,更不用提会这样眼泪汪汪地看着自己了。

对于郑又见来说,这样的花火是无比动人的,有时候比自己更像一个男孩的花火忽然有了小女儿姿态,这让内心本来就对她有情的郑又见心里软成一摊水:"火儿……"

二

花火见自己的眼泪不知为何掉出来了,一时也觉得十分窘迫。郑又见不喜欢自己就已经够没脸的了,还在他面前哭,而且还当着周馨的面,这真是丢人丢到姥姥家了。

花火伸手抹了一把眼泪:"郑又见,我说过我与你的婚约可以取消,我不会出尔反尔。我只是……我只是担心我爹。再怎么说,我爹也抚养你那么多年,供你衣食读书,把你当成花家少爷来养。只希望你记得这一点……"话还没说完,花火便再说不下去,为免自己在郑又见面前更丢脸,她转身走了。

其实,她还有一句话要说,就是,郑又见,你什么时候才能和我一起回去救我爹?其实,她要说的,也就这么一句话了。这些日子以来,她在郑又见面前,演戏演过,脾气发过,甚至在今天,连眼泪都控制不住了,还一再承诺可以不用再做夫妻,可到头来,郑又见还是那副冷漠的模样。

这边花火走后,郑又见的眼神就慢慢地暗了下去,公事公办地开始与周馨说着工作上的事情。上次合作的这一战的成功，让他看到了共产党的诚意。现下232旅要扩充为一个师，需要更多的士兵与武器。一边要壮大，一边还要打日本人，这不是一件容易的事情，他需要确定下一步的目标与具体方案，要做的事情太多了，实在是无法顾及花火太多。

迅速与周馨处理好要处理的事情之后，交代了几句，郑又见便让周馨离开了。

屋里重新回归了寂静，郑又见的心事才又一点儿一点儿地涌了上来。雨水县夺军火一战之后，郑又见被花火各种试探，特别是花火故意与皇甫昆走得很近，郑又见的内心是越来越焦炽的，也越来越心疼花火，越来越牵挂她。但他能比较理智地考虑事情，心性又谨慎，于是在花火面前竭力表现冷酷。但他自己也知道，很多事情并不是他想控制就能控制的，上次花火为了替他解决物资困难夜探日本军营，他惊惧万分，哪里来得及想什么装作不在意，他只想不顾一切要去救花火。这些日子以来，花火刁蛮事做得少吗？他每一次都气得不想理她，但每一次都还像以前那样悄悄地给她收拾烂摊子。

他人前冷着一张脸，人后却事事为她着想，要说他心里没她，郑又见自己都不怎么相信。想到此，郑又见不禁摇头苦笑。

见花火回到营房，关大雷凑了上来，要让花火尝尝自己亲手做的烧饼。花火劈手就把烧饼打翻了："别理我，烦着呢。"

关大雷见她脾气又上来了，赶紧哄："我的姑奶奶哎，这是谁又惹你了？谁敢惹你？说出来，我去揍他。"

"滚!"花火横起来,大小姐脾气对别人就只有一个字。可关大雷越来越习惯她的坏脾气了,她让他滚,他不滚还凑得更近:"要不你打我出出气?"

三

"关大雷你要点儿脸不要?"

顾皑之从里屋出来了,也凑过来问花火:"是不是郑又见又欺负你了?"

听到郑又见的名字,花火心里的委屈顿时又大了几分,手指着顾皑之:"再提他的名字我灭了你!"

"那是其他人欺负你了?"线娘端着茶从屋里出来了,细心地给花火倒了一杯,"喝口茶,消消气。是姑爷昨天让副官给送过来的菊花茶。现在到处都紧张,战利品也不多,姑爷有点儿什么都想着你,就算让你生气,也算了吧。"

"屁姑爷!"关大雷一听线娘叫郑又见姑爷他就来气,偏偏线娘却总是姑爷长姑爷短地叫着,叫他好生郁闷,"我就说郑又见不安好心,我们火狼队立了这么大的功劳,却不愿意让我们在其他人面前露面领功,害我们现在功劳比天大,待遇却和普通小兵差不多。"

关大雷说起郑又见就生气。他现在越来越知道狙击队在战斗中的重要作用了,简直就是有了狙击手就等于打胜仗。他们火狼队立了这么大的功劳,可那郑又见说了什么?

"狙击队伍十分珍贵,日本间谍无处不在,所以要低调行事。"不但给他们普通排的待遇,还不许他们出去说自己就是令日本人闻风丧胆的火狼队!这还有天理吗?现在他出去,随便一个军官都能欺负他。要知道他立的功劳做个营长都绰绰有余了!

"普通兵可吃不起烧饼。"顾皖之捡起地上的烧饼咬了一口。依他看,郑又见说得有理。狙击手作用这么重要,本来就需要隐藏,到处大张旗鼓地告诉别人,不是让自己成为靶子吗?

"夫妻俩哪有不吵架的。"素来话少的牛二也插了一句,在他看来,花火和郑又见闹的别扭就是浪费时间。他现在也总在后悔当初没好好对柳叶。

"谁说他们是夫妻了?"关大雷瞪牛二,一脸恨不得杀了他的表情。他一直十分关注花火,自然也看出来了郑又见对花火只是表面冷酷,实则关切备至。但他是死也不会承认这一点的:"无缺你还是别折腾了,直接和我拜堂成亲吧。我保证一辈子都不会对你冷脸。"疼还疼不过来呢,他哪里舍对花火冷脸。郑又见那小子真是不知好歹。

花火喝了口茶,也慢慢冷静下来了。她想起了郑又见刚才脱口而出的那句"火儿"。

她从小就不喜欢自己的名字,八岁那年自己给自己起名无缺,强迫身边的人都叫她无缺,自己也是总自称无缺公子,连她爹有时候都不得不顺从她,叫她无缺。只有郑又见,小小年纪就一直叫她火儿,宁愿被她打都不愿意改口。特别是长大之后,她慢慢听着他叫自己火儿,倒成了一种习惯了。

刚才他那声"火儿",分明与成亲之前没有什么区别。线娘也说了,自己的衣食住行,郑又见都暗地里关心,就拿她的衣服来说吧,她自己就没操心过,都是郑又见叫人送来的,而且每一件都合身。这说明他很关心自己。

四

花火又仔细地想了一些细节,还是觉得不对劲儿。她思来想去,决定找郑又见认真地问一问,到底他为什么要这样对待自己。有事就说明白了,别让她这么折腾闹心。

"郑又见,说吧。到底是为什么,你不但要取消我们的婚约,还迟迟不肯和我一起回家救父亲?"

花火再次到了郑又见的营房,其他话她也不再多说,而是拿出了她一贯的直爽:"我自问过去做事虽然任性了些,但没有得罪过你。你如果真看不起我,心里没我,为何又对我那样好,给我送吃的穿的用的?是什么原因,我希望你能给句痛快话。"

花火问得直接,言语间已经触及郑又见不想去想的心事。他愣了一下,内心暗潮涌动了半晌,才淡淡地回答了花火:"我确实因你过去的任性厌恶于你。但国难当头,你有才能,我留你在此一起保家卫国。你也知道,你的存在对于一场战斗有着太重要的作用。为了让你留下,我自然要对你关心一些。"

"就是因为我有利用价值才关心我吗?"花火内心暗伤,却强忍疼痛再问出口:"那不回龙口城,不管父亲,是因为周医生吗?"

不,不是的。郑又见心里说的是这句,但嘴上说出口的却是:"是的,你问完了吗?"

郑又见这一句"是的",简直像一记铁拳,击碎了花火冰冻的心。她沉默两秒,才轻轻地说:"问完了。"

她的声音很轻,充满了一个女孩子拼命努力后却无法得到回应的委屈。她穿着普通的军装,平时她这样穿帅气又利落,但此刻的她,柔软而又委屈至极,让郑又见有一种冲动,想站起来抱住她好好安慰好好认错。但,他不能:"问完了就走吧。我还要忙。"

花火没有出声,咬着嘴唇,用她平生最大的力气忍住眼泪,匆忙走了出去。

她走之后,皇甫昆从暗处走了出来,望着屋里怅然若失的郑又见,好一会儿,才问:"与你成亲的姑娘,就是无缺吗?"

之前看郑又见对花火的行为,皇甫昆还有些疑惑,但现在看到的这一幕,让皇甫昆也看出来了郑又见对花火有心。而且,花火就是郑又见说的那个已经成过亲的媳妇。

郑又见知皇甫昆看到这些,已经不太可能瞒着他了:"是的,她就是我在龙口城娶的妻子。"

兄弟二人谈心,皇甫昆以为郑又见只是顾虑自己喜欢花火所以才拒绝花火,于是对郑又见直言,他说自己喜欢花火,但追求女子这件事情各凭本事,让郑又见不必看兄弟之情。

郑又见早知兄长也喜欢花火,但他一直独自承受内心的痛苦,一直也对花火冷淡。此刻见兄长这样说,知他误会了自

己。之前他还一直犹豫是否要告诉皇甫昆真相,此刻,为免皇甫昆对花火越陷越深,郑又见只有对皇甫昆吐露心事。

五

郑又见对皇甫昆明言,他们兄弟二人的父亲刘寿山,是花火一家三十七口的灭门仇人。他就是因此才对花火隐藏情意。皇甫昆逃难时已经记事,隐约知道父亲逃难的真相,他并不怀疑郑又见所说的往事,只是他的内心也十分痛苦,此刻他彻底理解了弟弟内心的感受。

兄弟二人正说着话,皇甫昆忽然听到了屋顶上有响动。皇甫昆拔枪射了出去,但动静已消,二人出去查看,见有只野猫中弹跌落檐下,才稍放下心来,但还是叫了士兵加强巡逻。

关大雷半夜敲开线娘的门,一开门人便跌了进去。他就是为了抓住那只要叫春的猫才发出动静的,猫中了枪,但他也中弹了。虽然不是特别严重,但也需要处理伤口。关大雷示意线娘不要告诉花火,线娘答应了下来,但内心却隐约觉得不安。

关大雷本来是睡不着想去捉弄郑又见的,却没想到听到了郑又见的秘密。这秘密对于关大雷来说,当真是惊心动魄。但他也内心窃喜,因为郑又见与皇甫昆这两个比自己优秀的情敌,因为这个秘密都没有了做花火男人的资格。

第二天一早,关大雷忍着伤痛起来了。他想着昨夜花火在郑又见那里没落着好,今天肯定心情不好,得想办法哄哄她。没想到他出来一看，其他人早已经被花火叫去训练场了，就剩一个担心他伤势的线娘热了早饭在等着他："你咋不叫我起来？无缺怎么样？"

"她挺好的，一早就起来去训练场了，我说你昨天扭着腰了，她说让你休一天。"线娘温柔地回答他，怎料却换来了关大雷一声吼："谁让你乱说了！"

线娘被他这么一吼，委屈得差点儿红了眼睛。昨晚他让她硬把那颗入肉的子弹挖了出来，出了好多血，他又不让告诉别人，她这不是担心他吗？

关大雷可没空理会线娘这些小心思，草草吃了两口早饭，就带着家伙也去了训练场。到了地方，只见大家都用一种暧昧的眼神看着他和线娘，言语间很是一番嘲笑："关大雷，咱军营里缺女人是没错，你悠着点儿，动不动就闪着腰，算什么男人。"

关大雷一听这味儿，明显是在说他昨晚去做什么见不得人的坏事了。他想解释，又有点儿摸不准和大家一样笑嘻嘻地嘲笑他的花火到底是个什么心态。昨晚她都哭成那样了，怎么今儿一早就没事了？但关大雷也没细想，只要花火高兴，他怎么着都成。

结束训练回驻地的路上，说说笑笑的花火一行人又看到了正热烈地低声讨论着什么的郑又见与周馨经过。换作以往，花火多半面色就变了。这一次，花火却淡定地走开了。其他人面面相觑，不知道花火与郑又见到底又怎么了。

六

虽然心里疑惑,但大家都没敢开口问花火。这一年多以来,郑又见平日里多与周馨亲近,这越发引起花火妒忌。但不管花火怎么生气,郑又见就是不接茬儿,把花火气得直跳脚。但大家也知道,花火遭遇什么事,郑又见又总是表现得比任何人都要关心花火。现在变成这样,这二人,到底发生了什么事了?

与其他人相比,关大雷倒是开心的,他认为,这花火终于对郑又见死心了。这样也好,反正她和郑又见也不可能在一起,早点儿死心,就能早点儿和自己成亲……

花火一行人终于走远,周馨看了一眼花火慢慢消失的背影,忽然问了郑又见一句与工作无关的话:"你与花火小姐之间,是有什么解不开的矛盾吗?"

"嗯?"郑又见的思绪还在刚才聊的工作中,冷不丁被周馨一问,愣了一下,才淡淡地回答,"没有。"

"哦,是吗?我还以为你很喜欢花火小姐呢。"周馨是大着胆子说这一句的,她认识郑又见的时间也不算短了,双方已经建立起了非同一般的信任,也一起在对抗日本人的战斗方面取得了很大的成绩。但是,私下郑又见很少与她谈起与工作无关的问题,顶多就是前段时间她总是被花火与线娘捉弄的时候,淡淡地问她一句怎么了之类的话。倒是她细心地观察到,在路上郑又见多看了一眼的某一件衣服,没多久就会穿在花火身上。他屋里上面发给的物资,但凡好一点儿的,他一个眼神,他的副官都会自动包起来给花火送去。好几次,她都看到他在街上办事,路过点心铺的时候,会进去买上一两包,他自己也不吃,想当然,也是让人给花火送去了。周馨是做情报工作的,哪里看不出来郑又见表面对花火冷漠,但内心却看她比任何人都重?

"那事情就这样吧。按计划进行。"郑又见没有接周馨的茬儿,除了花火,他不想与任何人谈起自己的感情。

周馨见郑又见无意与自己深入交谈,也只得作罢。但她不知为何有些负气,就拒绝了副官的相送,一个人回去。走到一处无人的街口时,面前忽然跳出一个人来,正待张口惊呼时,却被另一人从后面一个手刀给打晕了。

看着倒地的周馨,关大雷一把将她扛起,一边跑一边问花火:"你确定这么干能行?"

"管他行不行! 能回去救我爹就行!"

花火刚才远远地看到郑又见与周馨"亲热"地说着话经过,装作一脸无所谓地走过,可她心里,妒忌之火却熊熊燃烧着。她想着这些日子以来,郑又见表面对自己黑口冷面,背地里却总是暗暗关心自己,又和周馨那样近,又说她有才能要她帮他,又说是利用她,真是让她挖尽心思也捉摸不透他到底在想啥。

七

花火虽然因为喜欢狙击,所以总能心思细密,反应灵敏地

组织战斗,可在感情方面,她是非常单纯的,性格也是直来直去。找到郑又见这一年多来,她实在是被郑又见折磨得没了脾气。所以,刚才她回房后,越想越生气,想着一不做二不休。你不是喜欢周馨吗?不是为了周馨不跟我回家去救我爹吗?我就把你媳妇给绑了,看你跟我走不走。

郑又见半夜里,收到了钟雾槐发来的消息,说周馨自与他见面之后就没再回家。郑又见一下就想多了,想着是不是周馨的身份被日本人或者被皇甫昆发现了,要么是被日本人抓了,要么是碍于上面的命令,皇甫昆不得已控制了周馨。

郑又见正急着着手去查,却收到了花火的绑票信:"不救我爹,就不还你媳妇!"

郑又见独自去了花火信上留的地点——回龙口城路上的一个亭子里,脸上如凝冰霜。

花火见郑又见竟不带一兵一卒就来了,心知他无心跟自己回龙口城,心里顿时冷了几分:"郑又见,你骗我说什么保家卫国增强实力,其实你根本就没想过要和我一起回去救我爹是不是?就算我把你喜欢的人带回去,你也不会跟我回去的是不是?"

郑又见见她又任性胡闹,心里想着原本与周馨定好的计划因为花火这么一闹泡了汤,一时情急,扬手给了她一个耳光。

啪的一声响,花火呆住了,关大雷呆住了,周馨也呆住了,连郑又见自己也呆住了:他刚才,对火儿动手了吗?

花火慢慢地把被郑又见打歪的脸转过来,一双因为蓄满了眼泪而更加清亮的美眸那么亮汪汪地看着郑又见，她似要说什么，但又什么也说不出来。这是花火第二次在郑又见面前掉下了眼泪，看得郑又见心疼不已，他握紧拳头，忍得指甲都掐进了肉里，才忍住没上前去安慰她。

花火一声不吭地转身走开后，郑又见像一个雕像一样站在原地，很久都没能挪开脚步。周馨站在他身边，毫发无损。但她看到郑又见这副神色，也没敢再说什么。

郑又见这会儿已经慢慢地冷静下来了。他知道花火绑架周馨并非是因为她多恨周馨，她只不过是想让他回去帮她救父亲而已。想起这些日子以来，花火就是为着他说不会不管父亲这个承诺，才留下来，不但帮他做事，为他出生入死，还忍受他的冷漠对待，郑又见就觉得心痛得要喘不过气。他的内心既失落难过于花火竟然放下了对自己的男女之情，又心疼花火这段时间被自己的矛盾态度如此折磨。

沉默地回到营地的郑又见辗转一夜未眠，他思虑一夜，下定决心要面对事实，告诉花火真相。就算花火知道真相后，不再理他他也要坦诚面对，总好过这样彼此折磨。

八

"火儿。"

听到郑又见叫自己的声音，花火以为自己在做梦。半睁了一下眼睛，看到床边果然坐着郑又见，更以为自己在做梦，笑了笑抱紧了被子又闭上了眼睛："我再睡一会儿，郑又见居

然对我好好说话了。"她因为心事重重,昨夜也折腾到下半夜才睡,这会儿大清早,还困得很,看到郑又见,于是以为自己在做梦。

郑又见看到她这副表情,心里的温柔更是滴出了水,想着自己要来告诉她的真相,竟又有些不忍起来:"火儿,起来,我有话要对你说。"

"别吵。我做完这个梦……呃!"咕哝了一半,花火忽然清醒过来了,一个激灵坐了起来,也没顾上身上只着了一件肚兜,"郑又见,你怎么在这里?"

郑又见见被子滑落后,她身上的那一抹红刺得眼睛发痛,才意识到自己不应该到她的房间里来,但他也没想别开脸,只是忍耐着内心的躁动,装作平静地拿起旁边的衣服给她披过去:"穿好衣服出来,我有话要对你说。"

他一夜未眠,做了决定之后,天刚露鱼肚白就来找她了。进门刚巧看到起得最早的线娘,说了他要找花火,线娘竟笑着让他进了屋。他本来有些尴尬的,但想着,他已经打算向她坦白,而且他们早已拜过堂,他只不过去叫她起来,又有些什么要顾忌?

花火不知郑又见忽然大清早来找自己做什么,她慌乱地穿好衣服,随手绑起辫子就出来了。线娘看她衣领都有些没弄好,赶紧跟过去帮她整了整,花火这才有点儿窘迫起来:"你怎么让他进我屋了?"

"他是姑爷,怎么就不能进你屋了?"

线娘一句话,让花火想起刚才郑又见的眼神,脸一下红了:"回来找你算账。"

"郑又见!"花火几乎是蹦着走到郑又见身边的。郑又见看着这个令自己痛并快乐着的姑娘,在昨天自己那样对待她之后,居然还会因为梦到他而笑得那么开心,心里既难过又幸福:"火儿,对不起。"

"呃?"郑又见的道歉让花火一愣,她有多久没有听过他向自己道歉了? 自从他逃婚之后,她就再没听过他说一句软话了,这样久了,她有些不适应。

"昨天我太冲动,对你动手了。对不起。"郑又见此刻是真的十分愧疚,他竟然对火儿动手了,想一想,他都觉得自己该死。

"是我太冲动胡闹啦。"花火听到郑又见竟然是找自己道歉的,一下就莫名高兴起来,"但是我没有伤害周医生,我一直是好好和她说话的。你喜欢的人,我不会对她怎么样的。你放心吧。"说这些话,花火的心里有些疼,但是,她还是觉得好受多了,毕竟郑又见来找她了。

"我没有喜欢她。"这句话脱口而出,说出来后,郑又见愣了一下,觉得自己心里顿时畅快多了,原来说出心里话,是这样舒服的,"火儿,我没有喜欢她。与她来往,只是为了工作。战事吃紧,她对我们的帮助非常大。"

九

花火瞪着眼睛看着郑又见,好一会儿才问:"你不喜欢周医生?"

郑又见看着花火，认真地点头。然后他竟然看到花火嘴角的微笑越来越大，最后竟笑出声来："那你之前为什么要骗我呀？你想找打是不是？"

郑又见见自己刚态度和缓地对花火说了几句话，她就像以前一样没心没肺地对自己笑，就像丝毫不介意自己曾经对她做过的那些过分的事情。

他心里想说出来的真相，那些他知道会令花火笑不出来的话，在他的嘴边滚了又滚，最后还是被他咽了回去。

看着东边的太阳缓缓升起，看着身边这个笑得比阳光还要灿烂的姑娘，郑又见又改变了主意："火儿，我不是不想回家，而是日本侵略，我们面临国破家亡，救不了国，也就没有了家。不把日本人打走，不管我们一家人去到哪儿，都不可能好好地过日子。日本人不允许我们过好日子。我心里也记挂父亲，但是现在国难当头，我想要先抗日救国，再回去救爹，救花家。我经常和周馨在一起，是因为我们在很多方面需要她的帮助。火儿，你能明白吗？"

"嗯，我明白！"花火此刻就似吃了一颗定心丸，对着郑又见笑得很灿烂地点头，"你放心！我会帮你的！"

"火儿……"郑又见内心情潮涌动，正想伸手去握她的手，只见他的副官面色大变地冲了过来："师长他……"

皇甫昆被日本人抓起来了！

当下，不止是郑又见，花火也顾不得儿女情长了，二人火速回营，商量营救之事。郑又见要去找中共地下党的情报网了解消息，花火认为现在日本人连皇甫昆都抓了，郑又见肯定也很危险,所以要求她亲自去保护他。

郑又见应允,并且告诉花火与钟雾槐、周馨的秘密见面地点,花火带着关大雷等人提早出发了。她勘察地形环境,令其他人在最佳地点埋伏,力求保护郑又见万无一失。

关大雷见花火居然一夜之间又跟郑又见和好了,而且还是一种与以前不同的好,似乎,两个人之间发生了什么他不知道的事情。看他二人说话的样子,分明不似再有矛盾了,而是变得十分默契,郑又见好像也不再避讳关心花火了,对花火的态度温柔了很多。

特别是这次出来居然是为了保护郑又见与周馨见面。这是不是意味着,现在花火不但一心相信郑又见,还十分支持郑又见与周馨见面,甚至还为二人的密谈保驾护航?

这么一想,关大雷没法淡定了。但是现在正在执行任务,他也不能说什么,只是越看,那个与周馨亲切会谈的郑又见越刺眼。关大雷觉得郑又见在欺瞒花火,他明明和周馨在一起还招惹花火。关大雷心里真是又妒忌又气愤。郑又见与周馨会谈快结束的时候,附近果然有日本便衣在秘密搜捕,花火一边示意郑又见快走,一边下令攻击。

关大雷因为对郑又见有愤怒,怀着私心,开枪的时候犹豫了,这导致了郑又见中弹受伤。

十

花火见郑又见中弹倒下,心中焦急,但仍能冷静地狙杀了

第十章 暗夜火花

全部的日本人。她自然知道是关大雷的责任,所以,在周馨替郑又见做手术取子弹的时候,花火对关大雷大打出手。关大雷心中不服气,所以也嘴硬不肯认错。

"关大雷,你将私心带进了战场,害得自己人受伤差点儿丧命。你走吧。从今往后,你我结拜义尽,从此天涯陌路。你走你的阳关道,我走我的独木桥。"花火一字一句,势要赶走关大雷。

关大雷一听花火居然要他走,本来还想忍着的,一下也忍不住了:"花无缺! 郑又见根本不可能和你在一起,他却要招惹你! 招惹你也就罢了,还在外面招惹别的姑娘! 这样的男人! 根本不值得你爱!"

"你也懂爱? 你不过是个自私野蛮的土匪!"花火也在气头上,所以出口讥讽。

她这句话,一下子让关大雷炸了:"好! 老子是土匪没错! 你以为郑又见就是好人吗?! 他是你灭门仇人的儿子! 知道吧? 你花无缺根本就不是什么花家大小姐! 你只不过是一个全家被灭口的孤儿!"

关大雷这一番脱口而出的话,像一声炸雷,把一众人都炸得傻了,包括屋里刚刚取弹缝好伤口的郑又见。他不顾一切从床上起来,周馨怕他伤口再次崩裂赶紧扶着他。

"火儿。"

花火听到郑又见的声音,愣愣地回过头来看郑又见。花火是不相信关大雷说的,但她看到郑又见的眼神之后,忽然相信了几分。她再回想起郑又见一直以来的态度,更是万分难过。可她还是怀着最后的希望，不肯相信关大雷的说辞，执意要向郑又见问清楚："郑又见，刚才关大雷说，我不是我爹的女儿，我的家人全被你爹杀了，是真的吗？"

郑又见此刻也极其痛苦，对花火的心疼超越了肉体伤口的痛，可此刻，他决定不再逃避了，该来的总是要来，还是对花火说出了真相吧："是，对不起，火儿。"

再一次说这句对不起，郑又见只觉得每一个字都无比艰难："火儿，我心里不是没有你。只是我知道自己心里不能有你。对不起。"

此时的郑又见一直以来在花火面前伪装的冷漠，彻底地决堤了："对不起，火儿……"

"好。我知道了。"花火听到了郑又见痛苦中的表白，只觉得心如刀割。她平静地说完，便转身走出了院子。关大雷和线娘赶紧跟了上去，却被她摆手制止，"别跟来，我要自己静一静。"见她如此，关大雷与线娘只得停下了脚步。

众人都以为她只是暂时需要独处冷静，便没再跟过去。郑又见是想悄悄跟着的，但身上有伤，有心无力。

花火也以为自己冷静一下就能接受现实，但是，她越想越难过，不管是自己的身世，还是郑又见与自己的感情，难道，这就是命运吗？她越想越觉得难以接受。眼见天色渐深，她仍然觉得自己无法面对郑又见。花火干脆一不做二不休，独自连夜出走了。

第十一章　真相大白

一

　　虽然担心花火的状况，但郑又见因为伤口的关系，终于支撑不住，半迷糊地昏睡过去。休息了小半天之后，刚刚坐起来，副官急匆匆地进来说："长官，花排长好像一个人走了。"

　　"走了？"郑又见预料到花火有可能会这样，但真正听到消息，瞬间有些肝胆俱裂的感觉，也不敢多想，只是下意识地起来穿衣，"把我的马拉过来！"

　　"长官，你的伤……"郑又见毕竟是刚从身上取出来一颗子弹的人，副官很是忧心。郑又见没有回答他，自己直接牵马去了。

　　上了路，郑又见便往龙口城的方向追去，很快越过了同样在追踪花火却没有骑马的关大雷。关大雷看郑又见的马越过自己绝尘而去，愣了一下，骂了一声"妈的"，暗恨自己竟急得没想起来骑马。

　　郑又见很快到了关口。战事胶着时期，人来人往出入是很严格的，但花火虽是女子，却擅长扮成男子，郑又见也不知道她是否已经出城。他过去向守关卡的士兵询问了几句，也不敢肯定。但他猜想，依着花火的脾气，断不会走了却不出城去。所以他也没多想，出了城继续沿着大道往前走，但没走多远，便发觉前面路口有状况，似发生了一场小型的战斗。

郑又见下马观察了情况之后，才潜伏着走近查看战斗情况：死的是两个看似很普通的平民，但身上没有被抢劫的迹象，而且身上的伤全是枪伤。郑又见略一思索，想起钟雾槐说，这两天就会有新消息送到，莫不成这二人是地下党？

有了这个想法，郑又见长了一点儿心眼，依他这段时间与地下党的接触，他不一会儿便从两名已经牺牲的地下党身上找着了线索。二人身上的线索拼凑出来的信息让郑又见面色沉重：日本人要灭掉232师，重夺奉天城！

这消息绝不能耽误，必须早做准备，否则不仅仅是一场硬仗，元气未满的232师都有可能全军覆没。

郑又见转身上马急转回营，路上又见到了还在找花火的关大雷与线娘，郑又见命令他们马上回营不得耽误，自己便先行回去。但关大雷、线娘急着找花火，并不想回去，被郑又见一顿呵斥。

郑又见走后不久，半里开外的一个小山头上，一堆毫不起眼的枯草微微地动了一下，花火慢慢地将手里的望远镜放下。自一队日本便衣追杀那两名穿着百姓衣服的人开始，她便已经潜伏在这里了。

她跑出来之后，便有点儿后悔了。但既然已经跑出来了，又再次折返，太没脸了，可一个人回龙口城，又觉得不舍得郑又见，于是便停在了这路口。原本她想的是看看郑又见会不

会来追她,郑又见是追来了,但是,郑又见好像发现了什么又
折身而回。

二

悄悄再次返回营地的事情,花火没有太多犹豫。皇甫昆
现在在日本人手里,全军现在都很穷,上级拨发的军用物资被
一层一层地腐败挪用,有的新兵不但没有枪,连像样的军服都
没有。

皇甫昆和郑又见的部队面临弹尽粮绝的局面,而且日本
人竟抓了主帅,若此时再发动攻击,232师如何存活?大战随
时一触即发,郑又见身上还带着伤……花火是无论如何也迈
不动回龙口城的脚步了。

她心里虽恨郑又见早知道二人不可能在一起,为何不早
早说穿,却选择了如此折磨自己,但细思量郑又见的行为,也
知道郑又见大抵是因为对自己有心,所以总犹豫。他这个人,
就是想得太多。

花火越琢磨,一颗心就越软,心越软,便嫌弃回程的脚步
慢了,索性现身换了马,快马加鞭。此刻郑又见有难,她哪里
能忍着不帮他。

快到关卡的时候,花火见到了关大雷等人。她悄悄过去
拉住了线娘。关大雷心中正焦炽,忽然发现花火竟然现身
了,高兴得咧开大嘴笑:"我就说嘛,无缺你怎会抛下我独自
离开。"

顾皍之看到花火，也高兴至极，但还是没忘记呛关大雷一句："少说一句吧你，不是你，无缺能走？"

牛二的年纪到底比他们大一些，他虽然智谋不足，但凭经验也感觉到了郑又见明明带伤去追花火，却独自回程，定是有重要之事："是发生什么事了吗？"

花火将几个人带到僻静好说话之处，在泥沙上画图示意，将她知道的消息以及她的计划告诉了其他人：火狼队要将日本人运送物资的几辆大车劫了，给郑又见的部队。这需要与周馨做一些配合，花火让线娘去给周馨送信。

"慢着。"

关大雷拦住正要动身的线娘："不许去。郑又见那小子和那姓周的勾搭成奸骗无缺，信她不如信自己。"他以为花火已经原谅了郑又见，很是恼火，但却不敢对花火明说，只得将气出在周馨身上。

"关大雷，我再说一次。要跟着我，就得听我的！"花火冷着脸训关大雷。劫下物资之后，她还有后续计划，如果没人配合，成功的可能性就低了许多。

关大雷见花火如此，尽管心里仍不服气，也只能冷哼一声让步。线娘快速离开，其他人继续一边行进，一边为接下来的苦战做准备。

这批物资的消息，是早就收集到的情报，但是花火有另外的想法。路口的地下党被杀，说明情报可能出了问题，日本人一定会想办法应对。久困奉天的田中极其需要这批物资，郑又见也是。郑又见想抢，田中也肯定不想给。那么，运输的路

线肯定会有变化。

花火缜密地分析了她与田中唯一的一次见面，得出了田中肯定也学过孙子兵法，在得知郑又见要出手的情况下，很可能一边设下陷阱，一边兵行险招。

于是花火决定放弃郑又见一行可能去伏击的路线，而去守住了田中最有可能会放弃的原路线。

三

线娘很快便带回了消息，周馨答应全力配合。花火对线娘说，劫下物资后，她要自己回去救父亲，从此与又见恩断义绝。线娘见关大雷为郑又见烦恼，便把此事告诉了关大雷。

关大雷觉得自己又有机会了，便喜出望外。花火在路边埋伏好了狙击手，也要兵行险招，先干掉日军狙击手，再取而代之与周馨的人配合，抢到东西。为避免周馨拿到物资后出尔反尔，花火还给郑又见送了消息，让他派人去接应。

计划一开始很顺利，几人经过大战小战无数，早已经配合默契。但关大雷有点儿不对劲儿。他一直介意花火竟然还想帮郑又见，线娘怕他的情绪影响到接下来的战斗，便安慰他，告诉他花火已经打算好了，帮了郑又见这一次之后，便不会现身，而是悄悄地回龙口城救老爷。到那时候，关大雷可以跟着回去。

听线娘这么一说，关大雷似吃了定心丸，偏偏顾跑之一来恨他害花火出走，二来记恨他嘴上总是占花火的便宜，也不想让他好过,便酸溜溜地打击了他:"感情的事情,是说结束就能结束的? 特别是无缺和郑又见,要是说结束就能结束,我早把他们说结束一千万次了。哼,土匪就是土匪,头脑这么简单,难怪只能做土匪。"

"你个杀人都不敢用刀,动不动就吓尿裤子的家伙,你说的话什么时候能算?"对于顾皑之,关大雷一向是不屑的,但只要有与花火相关的事情,都难免影响到他。

战斗开始的时候,关大雷就表现得有些急进,在还没确定已经全歼敌人的情况下就暴露自己冲了出去,于是几个被几支狙击枪与突如其来的游击队打得只能伏在车底下的日本兵不顾一切地向他开了枪!

关大雷中弹倒地,线娘不顾一切地也冲了出去,急得花火禁不住骂了关大雷一句,但幸好,在她与顾皑之的默契配合之下,线娘安全了。

战斗结束,游击队要带着物资前去与郑又见接头,花火没有现身,只是示意线娘带着关大雷跟车队走,想办法救关大雷。关大雷浑身是血,气息微弱,线娘以为关大雷要死了,悲痛欲绝。

郑又见收到了线娘的手帕,手帕上只有几枚缠实的绣花针,他仔细思量了一下,便知是花火给他的信号,也顺利地悟出了其中信息,成功地与游击队接上了头。一见面,郑又见没太关心物资,反而直奔线娘而来,但他只看到了伤势严重的关大雷,花火并不在。

花火帮了他,但花火却仍不愿意见他。郑又见明白花火

仍是不肯原谅自己,一张俊脸上也不再刻意冷酷,而是流露出了难以掩饰的失落神情。正在替关大雷简单处理伤情的周馨从没有见过郑又见这种表情,她的脸上也难掩失落,这些日子以来的落花有情流水无意,很多人都看到了,郑又见也看到了。但是因为有花火,郑又见故意选择了对她的忽略。

四

郑又见带着物资回程的路上虽然已经做好了各种准备,但还是遭遇了日军的拼死反扑,幸而他有所准备,艰难中保住了花火的胜利果实。但不幸的是,战斗中受伤的关大雷滚到了山坡下的河里,而明明没有危险的线娘毫不犹豫地陪着他滚了下去!

前路虽短,但拖得越久,凶险便越多。郑又见只得放弃关大雷与线娘二人继续前进。

伤势极重的关大雷与拼死护着他的线娘一起漂到巨流河中央的小岛,关大雷仅剩一线气息十分危急,线娘凭着救他的决心以及在救护班学到的一点儿救护技能,在艰险的条件下,利用身上携带的工具替关大雷挖出了子弹,并缝合了伤口。

因为随身带的伤药被河流冲走,线娘只得在芦苇丛中寻找能够给关大雷消炎的植物,半梦半醒间,关大雷感觉到了线娘对自己的无微不至,也知道她拼死护着自己,关大雷想到自己对花火应该也是这样的感情,十分感动。

关大雷和线娘藏身芦苇荡中,关大雷高烧不退。河岸边日军日日巡逻,线娘也不敢生火,只能眼看着关大雷一步步走向死亡。

因为急火攻心,又在河里漂泊良久,线娘病了。但她不肯放弃让关大雷活下来的希望,日夜折下芦草,想编一艘小船趁夜把关大雷渡到岸上去。关大雷知道自己生命垂危,见线娘此刻竟如此不顾命地照料自己,真切地感受到了她最深沉的爱,他不禁感慨自己瞎了眼。花火骂他骂得没错,好好的女人他不懂珍惜,只想着去追寻不属于自己的东西……

关大雷以为自己将死,对为了折芦草而十指鲜血淋漓的线娘说:"线娘,别折了。我关大雷这辈子对不住你,下辈子,等下辈子我一定找到你来还。"

线娘泪流满面,却不肯停下已经疼痛到毫无知觉的手,一边拼命干活,一边坚定地对关大雷说,她不要什么下辈子,她只要这辈子他活着。

虽然线娘得到了关大雷的承诺,觉得自己即使死在这孤岛之上,也没有遗憾,但她仍然拼死一搏,让关大雷有一线生机。终于,她用芦苇小船把昏迷不醒的关大雷和自己绑在一起,用尽平生力量,向水边挪去。

奇迹出现了,黑暗中,一条小渔船借着夜色的遮掩缓缓而来。渔民发现了线娘二人,把他们救了上来。

线娘在昏迷前的一瞬间惊喜地发现,救下她与关大雷的,竟然是花火!原来花火虽然没有露面与郑又见相见,但却并没有走,而是沿途跟着,确保物资的安全到达,自然也参与了关大雷跌落河中的战斗。但河边日军太多,花火想了许多办

法,才弄到了小船夜救关大雷。

五

花火将线娘与关大雷安置在一户偏僻农民家休养,便和顾皑之、牛二离开了。日本人丢了物资,就等于丢了最重要的补给血液。这损失,他们无论如何都会在郑又见身上讨回来,所以正在对郑又见他们进行密集的封锁性攻击。与此同时,郑又见从未放弃对兄长皇甫昆的救援,此时的郑又见急需要花火的帮助。

但现在关大雷重伤未醒,令日本人闻风丧胆的火狼队只剩下了她与顾皑之、牛二。花火感伤之余,变得更加敏锐也更加谨慎,轻易不再将自己暴露在危险之中,她要帮郑又见救出皇甫昆,也要保存实力回龙口城救父。

郑又见收到花火的密信,虽没有署名,但他依然坚信了密信的内容,带领小队与花火小队密切配合。战斗中,一直以来跟着他,成为了他左膀右臂的霍忠不幸牺牲,郑又见的手臂也再次中弹。虽然损失不少,但他们成功地将皇甫昆营救了出来。

战斗结束后,郑又见完全不顾自己的伤势,急切地奔向他判断出来的花火藏身狙击日军的地点,但是他却没有见到花火,只是在那个隐藏的地点发现了一些血迹。

是夜,皇甫昆浑身是伤,但安全回营,232师士气大振。

黑夜里,郑又见想起在狙击地点见到的血迹,十分担心花

火,根本无法合眼。于是,他起来给花火写了一封信,在信里,他终于坦白讲了自己的心路:

> 火儿,今日我见到了那血迹,疑心是你的,又害怕是你的。你受伤了吗? 严重吗? 我不敢细想,怕再细想,更坐立难安。我知道,我做错了,所以你走了。但虽然你没在我身边,这些天来的战斗,我却知道你就在我身边。你的子弹护着我,怕我丢失了性命。当了兵,我自是不怕死的,只是怕自己死了,此生再无机会偿还你的恩情。火儿,叫我如何不倾心于你,我的父亲害你与家人生死两隔,我因此置你的情意于不顾,你却一次又一次,护我,救我,爱我。只恨这小日本,竟然如此野蛮凶狠,要毁你我的家园。你希望我能和你回家救父亲、陪父亲,像以前一样快活地生活,而我的内心,怕是比你更渴望千万倍……

郑又见的信写得很长,停了笔,窗外夜色更深,已是万籁俱寂时,他微闭双目,将要夺眶而出的眼泪收了回去。他折好了信件,却明白因这战火遍地,不知花火在何方,这信竟也无处可寄。如此一想,更觉得抗日救国迫在眉睫,他放下信,前往战情分析的指挥处彻夜工作。

郑又见走后,一个人影悄然从屋顶不着痕迹地进了他的房间。那是暗夜里来看望小儿子的明慧和尚。他拿起了郑又见放在桌子上的信,看了一眼,心中更是感慨自己过去的错误

竟误了两个孩子的终身。思来想去,明慧和尚将信收进怀里,
他决定帮郑又见将信送给花火。

六

　　在帮助郑又见救皇甫昆的战斗中,花火确实受了伤。幸
好伤势不重,她简单包扎后,便带着顾皑之与牛二,连夜离开
了奉天向龙口城奔去。郑又见要的是保家卫国,她不怪他。
但是,她的目标没他那么大,她只要将这世上最疼爱她的人救
出虎口,确保他平安,才能安心去帮郑又见打日本人。

　　顾皑之自然也是想回去救父亲的,不论父亲如何不堪,但
在最后关头,他总是护了自己逃出生天。他虽然没什么胆儿,
但这点儿道义他还是有的。更何况有花火与牛二,他也并不
觉得自己有多害怕。

　　花火一行途经牛二老家的时候,遭遇了日本人大清扫,似
乎有地下党和游击队在与日本人周旋。花火三人没有现身,
反而找到了最佳狙击地点藏身,快速组装好为了方便赶路而
拆散的狙击枪,密切观察形势伺机出击。

　　战斗很快打响,但游击队武器落后,明显不是日本人的对手。

　　牛二重回故地,想起惨死的妻子与女儿,又看到领头的日
本人竟是杀害妻女的日本中队长小野,更是恨不得冲上去对
日本人痛下杀手。但顾皑之死死地拉住了他,一来顾皑之怕
牛二出事自己就没了保护者;二来他也不想因为牛二的冲动
而损失更多的人。

顾皑之答应牛二，他一会儿开枪的时候，只把小野的四肢打断，定把那狗命给牛二留下。牛二这才按捺住冲动，对顾皑之说，他若帮自己报了此不共戴天之仇，后半生只要他牛二活着一天，就不让他顾皑之有半点儿性命之忧。

战斗中，顾皑之信守承诺，果然先行将小野的四肢打中才射杀其他人。花火见此，知有可能是牛二的原因，便也对顾皑之多加配合。

有了火狼队的配合，游击队越杀越勇，最终赢得了胜利。牛二现身去杀奄奄一息的小野时，花火怕他有危险，也现身了。没想到游击队的首领竟然是红四军的一位重要领导赵明志政委，他首先判断出来了刚才在暗中帮助游击队的人就是花火。得知花火竟然就是令日本人闻风丧胆的火狼队领头人之后，说游击队也正要去龙口城配合地下党开展工作，便热情邀请花火同行。

花火本来对赵政委怀有戒心，但一路上，赵政委的为人处事，以及游击队的纪律严明，让花火亲眼看到了与国民党不一样的共产党。

赵政委对花火的才能十分欣赏，一路上，在战斗之余都有意训练与培养她。花火发现赵政委的抗日救国理论与郑又见十分相似。一开始，她只是怀着无处可依的心境下加入了共产党，逐渐被共产党内部的抗日气氛所感染，她敏锐精确的本能，日渐成熟的心境以及对小队的团结能力，让她终于在回到龙口城外时，不但自己有了坚定的抗日意识，也从游击队伍中挑选了人才，火狼队再次成为更强大的抗日精英。

七

一路上遭遇了大大小小的战斗，令花火极其恼火的是，在中途发生的几次与日本人的战斗中，国民党的军队居然不打日本人，而是调头对付共产党的游击部队，让明明可以胜利的战斗皆以失败告终。

被两面夹击死伤严重的游击队在山沟里休整的时候，花火终于忍不住大骂国民党与郑又见。赵明志政委却告诉花火，国民党部队中，也有许多有识之士，国难当头，兄弟打架虽然不对，但也不能因此就去伤害兄弟，要做的是团结好兄弟努力打跑敌人。花火深为赵政委的大义所折服。她忽然也理解了郑又见，为何会选择与周馨合作并那样看重周馨，确实是因为周馨与周馨代表的共产党，有着比国民党更开阔的胸襟。

龙口城现由李参谋把守，李参谋已经叛变，打着"中日友好"的旗子，大肆地将龙口城花家的财富变成了日本人侵略中国的物资与武器。

龙口城城门口贴的通缉花火的告示，虽然已经被替换成多位抗日志士的通缉告示，但花火与顾皑之还是乔装了一下才进城。她与顾皑之在龙口城生活了二十年，在过去这些日子里，被迫离开了龙口城三四年，此时此刻回到龙口城，花火看着物是人非的熟悉地方，不禁感慨万分。

李参谋将花家当成了他的军营，花火自然不能回去。龙口城里，因为有抗日志士不断地想办法暗杀汉奸与日本人，所以盘查都非常严格。

花火与顾皑之也不能久留。仔细思量之后，花火做了一个决定，她要去收复长山寨作为她与游击队的落脚点，再为下一步做决定。

花火将计划告诉了赵政委，得到了赵政委的支持。

花火等人在长山寨勘察最佳伏击地点的时候，发现长山寨的戒备竟然比花家还要严格些。花火深知战斗不能贸然进行，便回去找到赵政委，将心中的疑问盘托出来。赵政委见花火已经发现了情况，也如实告知她，地下党为了打探长山寨的消息，已经牺牲多人了，日本人好像在长山寨里制造什么秘密武器，有可能是闻所未闻的细菌武器，能轻而易举地杀人于无形。据说，那种武器十分厉害，很小的一个就能杀死一个城镇的所有人。

花火未料到日本人竟如此的丧心病狂，对赵政委说，她要端掉日本人这个杀人窝点。赵政委极其欣赏花火的勇气，说他带了部队来此，为的也是这个目标。

花火在再次勘察地形时，与依然做土匪却活得更狼狈，有时候为了填饱肚子不得不袭击自己人的胡二奎相遇。胡二奎一见花火，顿时眼泪汪汪，几个在山林间活得如同野人般的土匪也连声询问："无缺公子，你可回来了！我们大当家呢？"

胡二奎问起关大雷，花火也忧心。日本人几乎已经无处不在，也不知道重伤的关大雷与线娘是否已经脱险。

胡二奎见花火沉默，以为关大雷已死，一下伤心起来，正哭得一把鼻涕一把眼泪，只见乔装成山野村夫、几乎难以辨认

的关大雷和线娘从一处草丛走了出来："胡二奎你哭个娘，老子还没死！"

八

一见关大雷与线娘、胡二奎与众土匪哭得更厉害了。花火见了二人也十分高兴，过去拉住线娘就问长问短。线娘一脸喜色地告诉花火自己没事了，已经全好了，所以才赶回来找他们。二人在山里乔装找了一天了，终于见着了人。

花火从线娘的神色与关大雷对自己忽然变得比较客套的表现中，察觉到此难中关大雷与线娘的感情有了微妙变化，她十分为二人高兴，承诺救回父亲后要为二人大办婚礼。线娘羞红了脸，关大雷却大大咧咧地说："不用了，老子已经和她拜过天地啦。"

花火很不屑："你手脚倒是快。但我是把线娘当姐妹的，等我夺回了花家，这婚礼你不办我也得办！"

关大雷一听花火这么一说，也高兴了："行，我的夫人还没坐过花轿呢，我关大雷也不能委屈了她！"

生死劫难后重新相见，众人都很高兴。花火将关大雷、胡二奎等人带回赵政委处，赵政委虽然条件也艰苦，但却倾尽热情地接待了所有人。胡二奎在山间流浪已久，终于吃上了饱饭，穿上了暖和衣裳，一时感动得稀里哗啦的。

吃饱喝足后，胡二奎告诉花火等人，日本人把长山寨变成了人间地狱，抓了很多人，在那里做一些惨无人道的试验。他借着对长山寨的熟悉,已经勘察了他们的关卡与换岗时辰,只是他没枪没人,不敢打上去而已。

对于花火等人来说,有了胡二奎的情报,一切就容易多了。

捣毁日本人秘密军事据点的战斗终于打响,已经壮大的火狼队凭借对长山寨的极度熟悉,几乎没有浪费一颗子弹地消灭了顽抗的日本人。

赵政委在胡二奎的配合下,亲自带领游击队攻击寨门。火狼队与游击队配合无间,竟将日本人打了个措手不及,在山下的龙口城的日本驻军刚刚收到战斗消息的时候,他们已经迅速占领了长寨山。

面对着日本人的化学武器成品与半成品,赵政委果断地下令炸毁烧毁。关大雷与在战斗中负伤的胡二奎看着刚刚夺回来的长山寨不得不被付之一炬,两个大男人的眼睛都湿润了。

胡二奎身中数弹,他知道自己已经活不成了,用最后的力气,夺过了赵政委手里的炸药包冲进了火海里。临死前,他高呼:"我胡二奎虽然是个土匪,但我没丢中国人的脸!"

爆炸声响起,胡二奎与日本人的罪恶一起在火海中熊熊燃烧。

花火与线娘等人见胡二奎牺牲得如此壮烈,不禁落泪。赵政委面对着胡二奎消失的方向单膝跪下摘下了帽子,其他游击队战士也摘下帽子,低头向这个汉子致敬。

关大雷没落泪也没低头,倒是对着火海站直了身体,他咬着牙关,对着火海喊:"二当家的,你没给我长山寨丢人!放心,我关大雷不为你报此血海深仇誓不罢休!"

九

日本人精心预备的秘密军事基地被火狼队摧毁,远在奉天的田中收到消息,明白原本想不费一兵一卒拿下龙口城甚至整个东北的计划泡了汤,下令倾尽力量消灭火狼队。

面对日本人的疯狂反扑,以及国民党军队的见死不救,好不容易壮大起来的火狼队再次被打散,赵政委与游击队为保存花火几人代表的火狼队有生力量,在战斗中相继牺牲。花火咬碎银牙,带领关大雷等五人进入更深的林子里,暂时躲过了疯狂地不杀尽火狼队誓不罢休的日本人。

几个人凭借着本能,靠打猎为生,一路向奉天城走去,希望能与郑又见的部队会合,再重新杀回龙口城。

军队上级不仅贪占军饷,最令郑又见无法接受的是,上面一直坚持"不抗日先剿共"的各种密令。他眼见国家人民与战友成了上级政治斗争的牺牲品,十分痛心。

他数次上书要求上级联合共产党抗日,不但未被重视,反而受到了排挤与讥讽,旅长被撤职,重新成为连长之后,又被强行派去啃硬骨头,导致他一手训练出来的精英连死伤殆尽,只剩下了十几人。而在那次残酷的战斗中,郑又见被援军放弃,幸而得钟雾槐秘密派来的游击队相救。此役之后,共产党一直以来为建立国共合作抗日战线的不懈努力,已经深入了郑又见的思想里。

花火在山林中,与一支为避开友军与日军双面夹击的游击队相遇,对方得知她就是赵政委大加赞赏的火狼队后，对花火等人十分热情，纷纷要求加入令日本人闻风丧胆的火狼队。花火等人一边行进，一边再次慢慢壮大火狼队的队伍。

在与日本人的几次遭遇战中，国民党军队多次旧戏重演，总在战斗中调头对付共产党领导的游击队，花火心知一直坚定着联合抗日理想的郑又见必定在独力抗日，内心很是心疼郑又见的处境。

她告诉关大雷等人，共产党之所以与国民党不同，就是即使兄弟打架也不去杀兄弟，要求火狼队所有人即使受国军攻击也绝不打自己人。

在战斗中，花火的抗日思想日渐成熟，渐渐成长为一名优秀的共产主义战士。

奉天城的关键之战里，在日军与212师的战斗中，皇甫昆以牙还牙下令撤退，对212师拒绝援助。火狼队刚巧赶到，212师在火狼队的帮助下突围，脱离了险境。但212师发现了游击队的旗帜后，他们随即调转枪口，狙击刚刚出手帮助过国军的游击队。花火十分恼怒。此时不顾上头密令赶来救援的郑又见，终于对国民党彻底失望了。

皇甫昆告诉郑又见，他之所以拒绝救援，是为了保存232师的力量。一直以来的几次大战中，232师次次被队友坑，队伍损失惨重，为摆脱依附一心"剿共"拒绝抗日的国军的受困境地，兄弟二人商议，全军前往龙口城，待有枪有弹地壮大队伍之后，再继续抗日。

十

大部队出发之前,郑又见带领一小队精英扛着一批狙击枪,来到了秘密部队经常出现的密林里。他已经隐约猜到,救了212师的红四军有可能是花火。

他放下枪弹后,又等了一会儿,见密林深处没有动静,心知花火仍是不愿意见自己,于是失望地离开了。

郑又见离开后不久,花火从隐藏的地方出来,看着崭新的、正是她迫切需要的枪弹,她咬咬牙将眼泪忍了回去,抬手示意藏在暗处的众人将枪弹迅速抬走。

花火走后没多久,郑又见又独自折返回来。他良久地看着刚刚放枪弹的地方空空如也,定定地沉默了一会儿才转头离开。

收到232师前往龙口城的消息,周馨也前来通知郑又见,地下党将会配合他在龙口城的一切抗日活动。郑又见决定先行潜入龙口城。刚刚到达奉天城,遭遇了多次攻击的火狼队还未能好好休整,便又收到了232师杀往龙口城的消息。花火没有迟疑,下令火狼队所有人原路返回,一路上密切配合232师的抗日活动。

关大雷虽已经与线娘成为夫妻,但他仍对花火有所关心。见花火明明在暗处多次见到了郑又见,却并不现身相见,以为花火仍对郑又见无法释怀,便前去劝慰:"无缺,此时经历九死一生之后,我才发现了珍惜眼前人的珍贵。希望你也能放下过去。毕竟,那是父辈的事情,并不是郑又见愿意做的。"

"关大雷你行呀,现在都会劝别人了。"花火嘲弄了关大雷一句,还是告诉了他,她不与郑又见相见的原因,就是因为龙口城一役,火狼队的名声太大了,日本人已经誓不灭火狼队不罢休,现在好不容易才重新开始壮大,火狼队需要继续隐藏力量,以便在龙口城一战里,给日本人致命一击。

关大雷听到花火如此深思熟虑,不禁暗暗佩服,这个几年前自己一眼看上的女子,已经成长得越来越老练了。

田中直男的部队被212师所牵制,皇甫昆的232师一路还算顺利。大部队行进缓慢,郑又见决定先行一步,与周馨假扮夫妻先回到龙口城,为收复龙口城做准备。

也有同样想法的花火留下关大雷、线娘继续训练其他新加入的火狼队成员,她则与顾皑之先行回到了龙口城。为避免引起怀疑,她将自己化妆成了一个大汉,让顾皑之穿上了女装。非常巧合的,在排队等关卡检查的时候,郑又见、周馨就在花火与顾皑之的前面。

周馨扮成了已经怀孕的妻子,郑又见则是对妻子关怀备至、直给关卡士兵塞钱说好话的丈夫。

花火未料到会如此近距离地遇见郑又见与周馨二人,她见郑又见一副十分疼爱妻子的样子,而周馨又含情脉脉地看着郑又见。她惊诧之下,对郑周二人是夫妇一事信以为真,以为在她离开的这段时间里,二人已经结成了夫妻并且有了孩子。

第十二章 又见花火

一

花火十分震惊痛楚,想起之前郑又见还给自己送枪,一双眼睛不觉含了泪水。

郑又见忙于应付守关士兵,好不容易过了关,敏锐地感觉到异常的他回头看了一眼已经化装成络腮胡男子的花火,虽然从外表他没怎么认出她来,但他还是从她那双因为蓄满了泪水而变得更加清亮的眼睛里认出了她。

他认出了她,自然也看到了她眼神里的震惊与痛苦,但这里不是解释的场合,他只能痛苦地转过头去扶着周馨离开了。

进了城,花火思虑一夜,终于在天快亮时让她找到了一个疑点!她虽然没什么经验,但像周馨那样大的肚子,眼看都快生了,至少也应该有七八个月了才对。可她半年前离开奉天城时,周馨根本还没有怀孕!

这么一想,花火忽然有了点儿底气。之前她跟踪到郑又见的落脚处却不敢进去,现在她可不怕了。就算周馨怀孕是真的,虽然她也说过不要郑又见非娶自己不可,但她还没休了郑又见呢,断不能让周馨先抢自己的男人,要抢也得等她正式给郑又见写了休书再说!

与此同时,由田中直男的亲妹妹田中静子带领的间谍暗杀队也悄然进入了奉天城。日方的情报显示,郑又见已经与地下党达成了精密的合作,而皇甫昆之所以硬着骨头不肯投日,也是因为他受了郑又见的影响。

为切断皇甫昆的念想,让皇甫昆彻底为日本人卖命,日方下了命令,要巧妙地暗杀掉郑又见这个皇甫昆唯一的亲人。

假装成国民党间谍的日本人先找到了李参谋,由李参谋带领,前往郑又见的住所"剿匪"。

院门敲响时,屋里的郑又见与周馨对视一眼,二人很有默契地作出好像夫妻俩刚刚安置妥当的样子,周馨坐着缝小孩的衣服,郑又见则去开门。

门打开了,郑又见看到门外站的竟然是花火,任他经历风雨无数,此刻也愣住了:他觉得自己有太久太久没有见到他的火儿了,满满的思念让他无法完全隐藏:"火儿。"但他只叫了花火的名字,便转了脸色,龙口城早已是日本人的囊中之物,他不敢保证自己是否在日本人的监视之中,此时再心动,也不能坏了大事。

于是郑又见又换上了冷漠的脸色:"你来做什么?"

见郑又见又是这副冷脸,花火内心难受至极,说话并不客气:"我看你媳妇怀孕了,我作为姐姐,还不能来看看吗?"

"抱歉,没什么好看的。你走吧。"

郑又见异常敏锐地感觉到了不对劲儿,一心想让花火快走:"快走!"

花火见郑又见居然对自己发火,一下气得又恢复回了本性,伸手就像小时候那样要拍郑又见的后脑,但她手还没有拍到,就被郑又见猛地一拉,拽进了屋里:"和周馨一起快跑!"

二

花火被郑又见猛然拉进屋里,见他自己却关上门大步跑开。她一下醒悟过来了:他们暴露了!

冷静下来的花火快速进屋,扶起周馨正要走,却见周馨身手矫健地拉起自己进了里屋。二人合力推开衣柜,只见衣柜后面有一个暗门,周馨拉着花火便跑了进去。两人顺着暗道不知道跑了几户人家,暗道跑尽了,但外面似乎还是搜索抓人的声音。花火将周馨护在身后,手里暗暗地拿出她一直随身携带的绣花针,准备殊死一搏。

门被踢开了,花火看准来人的要害,就把手里的绣花针射了出去,不料那人却似有神助般一下就接住了她的绣花针。花火定神一看,进来的居然不是日本人与伪军,而是一个和尚!

"贫僧明慧,请两位姑娘跟着和尚暂避险境吧。"明慧双手合十,他的身后,几个伪军士兵已经死亡倒地。

花火与周馨跟着明慧和尚逃脱了险境,明慧和尚让她们在郊外的破庙里暂时休息,他独自回城打听郑又见的消息。花火因担心郑又见而焦急,看到周馨的大肚子却又不由得生气。周馨看穿了她的焦急,也不再隐瞒,当着花火的面把衣服里的枕头掏了出来："我与郑连长并非真正的夫妻。"

花火看到那假枕头，一颗悬着的心也落了地，明白是自己让郑又见涉险了："你们……对不起……"

"知道吗？我很羡慕你。"外面夜色渐暗，周馨内心无比担心郑又见，但是她也十分明白，郑又见心里挂念的人并非是自己，"好多次，他去找我，我们一起回营地，他总是找借口去买你想吃的点心。我们还在谈着重要的情报，副官送来的战利品，他总还能抽出空示意副官送给你。有一天看我穿一身新衣服，他让副官问我从哪里做的，竟然去给你做了一套。听说你们还不是夫妻呢，但是他让人给你做的衣服，件件都合身。而我呀，天天在他身边，只有谈论工作的时候，他才肯正眼看我。你说，我羡慕你不？"

听周馨这么一说，花火真的愣住了。虽然周馨所说的这些事情，以前线娘似乎都提醒过她，但她每每都会被郑又见的冷脸气晕了脑袋，总不能明白郑又见的心思。后来知道了真相，在离开郑又见之后她慢慢地感受到了郑又见那种极度丰满又极度压抑的情感，特别是那天在树林里，他来送枪给她的时候，她已经完全明白了他的感情。只是不知道为何，看到他与周馨在一起时，她又冲动地丧失了理智。

这时，明慧和尚也回来了，花火扑上去问他："怎样？他还好吗？"

明慧和尚看着花火，这个被自己害成了孤儿的女孩，想起为了救她而被抓住将当成汉奸处决的郑又见，明慧和尚一张已经修佛多年的脸也不禁悲痛万分："他被捕了。"

三

郑又见为了救自己被捕了！花火一下呆住了：是呀,他为自己做了很多事,只是自己一直都太笨,并不懂。

"这个,是他写给你的信。"明慧和尚看出来了,花火也对郑又见有情,于是转交了郑又见写给花火的信。

花火一字一句地读着郑又见饱含深情与思念的信,眼泪一行一行地掉了下来。她抹着眼泪,说不出其他的话,只能一次又一次地叫着郑又见的名字:"郑又见……郑又见……郑又见……"

郑又见被诬为汉奸将被处决。花火与顾皑之联系上,带着一身武功的明慧和尚,利用他们曾经逃生的密道进入了花府,趁夜绑了真正的汉奸李参谋,打算第二日在刑场亮相,与正紧锣密鼓整理李参谋通敌卖国证据的周馨互相配合,救出郑又见。

行刑日,由地下党组织的抗日学生在街边高呼抗日口号,并且开始向民众散发传单。传单上,李参谋通敌卖国制造细菌武器企图屠城,郑又见并不是汉奸而是抗日战士,李参谋才是真正的汉奸的消息,一时间让整个龙口城都沸腾了。

日本人见势不妙赶紧加入了战斗,一边加强人手进龙口城,一边派人再度说服皇甫昆。

皇甫昆为救弟弟,答应了田中直男的招抚,承诺进城后代替李参谋的位置,配合日本人,这才得以顺利带兵攻入了龙口城。

进城之后,皇甫昆带人直奔刑场,日本人阻止不及,双方展开了惨烈的巷战。街上民众纷乱,花火极度担心民众中有汉奸借机害郑又见,她无法静下心来狙击,干脆放弃狙击枪,拿着绣花针冲进人群里要救郑又见。

枪林弹雨中,人群纷乱倒地,双手被反绑的郑又见十分危险,明慧和尚在人群中救了一个小孩,却望见一个日本间谍抬枪射向了郑又见! 花火也正冲进人群里,她手里的绣花针全都脱手了射向那个日本间谍,却无法阻止子弹飞向郑又见。花火惊惧痛楚地叫了郑又见的名字:"不要! 郑又见不要!"

"火儿!"郑又见也以为自己必死无疑,他一声"火儿",将内心的痛楚,担忧,与压抑的情感都叫了出来!

千钧一发之际,离郑又见更近的周馨凭着本能向郑又见扑了过去,日本间谍那颗恶毒的子弹没入了她的心脏!

当明慧和尚终于将最后一个日本间谍拧断了脖子时,皇甫昆带着队伍也赶到了。但是,花朵一样的周馨,她年轻的生命正随着伤口流出来的血急速流失。郑又见在明慧和尚的帮助下松了绑,赶紧抱住周馨大叫:"叫救护队! 快叫救护队!"

"郑又见,可以求你一件事情吗?"

周馨的声音已经很微弱了,花火跪在她的身边,也伸手去捂她不断流血的伤口:"周医生! 别说话! 你要坚持住!"

四

"郑又见,我大概要死了。我能不能求你说一句,你也喜欢我?"周馨用最后的力气,一直盯着郑又见。

郑又见此刻极度痛苦,但却仍保有本能的冷静,他看着周

馨真诚的眼睛,没有敷衍她:"对不起,对不起,我这一生心里只有火儿一人。周馨,对不起!"

周馨听郑又见这么一说,脸上却并没有伤心,反而微笑起来。她伸出手,轻轻地抚了下郑又见的脸:"谢谢你,这样坦诚,不愧是我周馨喜欢的男人呀,谢谢。"说完最后一句谢谢之后,周馨的手无力地滑落了下去!

眼见周馨为救自己死在自己怀里,郑又见痛失亲密战友,但他咬紧牙关,没有让眼泪掉出来,周馨于他而言,就像他的精英连兄弟一样,他决不会让他们的血白流!他要让日本人血债血偿!

几日之后,好不容易在腥风血雨中平静下来的龙口城有着一种暴风雨来临之前的宁静。此前一战,龙口城暂时收复,但龙口城地势险要,日军势必会卷土重来。

郑又见深知这一点,这天,他又与皇甫昆等人讨论战情至深夜。

从大厅里出来后,郑又见没有回自己的房间,而是去了父亲的房间。为了逼问花家所有财富的下落,长期以来,花子敬虽然还活着,但身体已经被折磨得很虚弱了。如今见到一双儿女不但都有了出息,还回来救了自己,花子敬兴奋得难以入眠,拉着花火的手不肯放她离开。父女俩正说着话,郑又见敲门进来:"爹。"

花子敬一见郑又见。紧招手让他走近:"见儿呀,不能再叫爹了。你们已经成亲,你应该叫我岳父大人了!"

郑又见居然微笑着从善如流:"是,岳父大人。"

花火愣了一下，看向郑又见，这段时间以来，郑又见的反复让她有点儿猜不透，以为他会反驳，没想到他居然真的叫出了口。

"好，好好好。"

其实之前花子敬还是有些担心的，此刻听到郑又见这一声叫，顿时高兴极了："好了，晚了，你们也回去休息吧。肖管家！"

肖西门恭恭敬敬地快步走进来，还如以往那般向花火与郑又见沉默行礼，因为嗓子已经废了，他用嘴型无声地说："大小姐，姑爷。"

花子敬一声肖管家，让花火顿时警醒起来，她可没忘记离家前肖西门有杀害父亲之意，见到肖西门，她甚至下意识地要拿出她的绣花针，花子敬却轻轻地拍拍她的手："你们走了之后，爹被关了起来，多亏肖管家与小十一暗中照料，爹这才有命见到你们。"

这时，衣着比以前素了许多的小十一也走了进来："小姐，姑爷，新房准备好了，请早点儿歇息吧。老爷这里，我来照顾就好。"

花火还是有些警觉，而向来比她更思虑周全的郑又见，看花子敬与肖西门以及小十一的态度，便知这几位长辈已经有了他们自己的和解方式。

他站起来，拉起花火向花子敬告别："岳父，我和火儿就先出去了。您好好休息。"

五

花子敬盯着郑又见拉着花火的手,一脸佳儿佳妇的幸福与满足感:"好,好,快去吧快去吧。"

花火直到被郑又见拉出了房间走过了回廊,还有些愣愣的:"郑又见,你不知道,小十一她和肖西门……"

"嘘!"郑又见忽然回过身,让原本急匆匆地跟着他走的花火一下子撞进了他的怀里,他张开双手,第一次真真正正地拥抱住了他的火儿,这个他似乎从小就一直喜欢的女子,"长辈的事情,由他们处理。"

"呃?"

花火不是没有抱过郑又见,少年时与他打打闹闹,抱过他许多次。但是此刻,他胸膛温暖而又可靠,根本不再是那个看起来斯文瘦弱的少年了:"郑又见。"

"嗯。"郑又见抱着她,低头闻她发丝上的淡香,想无声地享受这难得的一刻温馨。

"我之前想,你要是娶了周馨。我就一辈子不嫁人了。"花火想起他为她做的那些事情,想起小时候的点点滴滴,再想起他给自己写的那封信,心中满是感动与爱慕,但说出来的却是,"我就去做个尼姑,天天念你。"

听这姑娘竟然如此表白,郑又见一下子笑了:"哦? 那你念我什么?"

"念你和周馨永远生不出孩子!"花火是真这么想过的,所以她说出来的时候,也特别的真实。

"我本来就不会和她生孩子。"

郑又见语气低沉地吹了一下她的头顶，彻底释放自己的深情："要生我也只和你生。"

"呃?"花火本来整天装男子，在外面玩乐的时候，有时候荤得比不少公子哥儿还溜儿，但此刻郑又见提到了让她生孩子，她忽然想起了小十一刚才说新房已经布置好时的暧昧眼神，不知为何，一向爽朗痛快的花家大小姐的脸一下就烧到了耳朵根儿。

郑又见借着皎洁的月光欣赏着花火唯独在他面前会表现出来的小儿女情态，一时情潮涌动，一弯腰将她抱了起来，向新房走去。花火面红耳赤地看着他抬脚踢开了新房的门："呃呃呃，郑又见!"

"嘘，你得叫夫君。"

"呀，夫……叫不出口……"

"那就叫别的吧。"

龙口城里难得平静的一夜里，花家大小姐与姑爷的新房，时隔四年终于等回了它真正的主人，红烛低垂，有情人终成眷属。

与郑又见恩爱愈深的花火并没有因为儿女情长而放弃了她的火狼队，她和关大雷加强练新队员，力求以最完美的状态配合郑又见保卫龙口城。

钟雾槐传来消息，田中直男将会派他的亲妹妹，日本最优秀的女间谍田中静子前往龙口城进行渗透。郑又见加强了进出城的盘查，但却并没有发现可疑人士。他将长山寨的土匪

流寇都编入了正规军,由关大雷对他们进行特殊训练,他则活动于各方,鼓舞龙口城的士气准备全城抗日。

六

皇甫昆却在此时接到上级密令,要求剿共为主抗日为辅,还提出了注意郑又见与共匪过从甚密,如有必要,须杀鸡儆猴。皇甫昆对着这道密令沉默良久,最后撕毁。他受郑又见的感染,决意违背军人服从命令的天职,从此一意抗日。

奉天城附近的212师,在没有了皇甫昆的232师的配合之后,被田中直男的几次进攻彻底打垮。一些零散的溃兵逃至了龙口城,皇甫昆将他们收编进了212连,郑又见任连长。

212连成立之后,郑又见的首日训话极大地鼓舞了士气:"从212师变成了212连,憋屈吗?我也憋屈!日本人都打到我们头上来了,眼见国将不国,家不成家了,可我们呢,明明是亲兄弟,却看着亲兄弟挨打被杀!当你们看到自己的兄弟被日本人打时,你们吭过气吗?没有!所以现在你们活该憋屈!我也活该憋屈!因为我没能尽全力救我的兄弟们!是男人,就给我狠狠地把日本人打回去!把你们受的委屈都还给日本人!他们敢动我们的家园,杀我们的兄弟,抢我们的姐妹,害我们家不像家人不像人,我们就要让他们付出代价!"

"付出代价!付出代价!"212师的溃兵确实憋屈,战斗如此凶险,他们出生入死,牺牲了无数兄弟,却仍然让日本人打得妻离子散,叫他们如何不憋屈!

钟雾槐送来了田中占领奉天城后,已率军向龙口城进发的消息。

钟雾槐还暗示,田中直男并没有出现在部队中,很有可能已经先行进入了龙口城。郑又见想起之前开城门让212师溃兵进城,怀疑田中兄妹已经入了龙口城。郑又见思虑了一会儿,决定将此消息告诉皇甫昆。

皇甫昆安静地听郑又见说完,他明白了郑又见的意思,但碍于自己身边的田中派来的间谍,他只能表面上对郑又见说,上面的意思还是没变,剿共为主抗日为辅,还提醒郑又见要有自知之明,不要做自毁前途的事情。

皇甫昆话说得虽狠,但眼神却示意郑又见务必准备好一切。郑又见意会,佯装生气地退了下去。

郑又见悄然准备埋伏的同时,日本间谍向田中发出了安全信号。田中自以为对皇甫昆是十分了解的,不管是他的身世还是性格或者是他面对的政治困境,所以,他非常自信地亲自来招抚皇甫昆。

皇甫昆见田中直男来访,佯装意外:"田中君胆色愈发好了。"

田中直男哈哈一笑:"皇甫君可知我的来意?"

"你我曾有约定,我自然是知道的。"皇甫昆点头。

"那便好。我们天皇希望龙口城能够中日友好。"龙口城地势险要,易守难攻,且财富巨大,有煤矿与铁矿,大日本对龙口城势在必得。

"请教田中君一个问题,"皇甫昆淡淡地笑问,"田中君可有兄弟?"

七

"我没有兄弟,但我有一个十分出色的妹妹。她在你我同窗时,便十分仰慕皇甫君。"田中再次抛出了橄榄枝,而且还有联姻之意。

"只可惜,我对日本女人没有兴趣。"皇甫昆说完,重重地将茶杯放在桌子上,他与郑又见约好以此为号,此时,埋伏于暗处的四把狙击枪同时扣动了扳机,田中直男眼睁睁地看着自己带来的三名出色间谍和原本安插在皇甫昆身边的间谍一一倒地,心中暗叫糟糕,"皇甫君,你这是要出尔反尔吗?"

"田中君也读过孙子兵法,难道你没有听说过有个故事叫兵不厌诈吗?"

皇甫昆冷眼看着手下冲进来快速将田中控制:"还有,我想告诉田中君一件事,日本人兄妹都能一条心,我们中国人的亲兄弟自然不可能两条心。"

捉到日军指挥官田中直男,让龙口城兵将们更是士气大振。日军最高指挥官竟然被俘,日方更是誓不拿下龙口城决不罢休了。他们紧急撤换了指挥官,派来了以善战奸诈著名的松本五郎。

这天,郑又见刚从一爱国义士家出来,便被人叫住了:"又见君!"

郑又见回头一看,是一个俊俏可爱的女孩子,她向郑又见走近过来,用日语低声地对郑又见说:"又见君还记我吗?四年前在龙口城,你我同行过一段。"

她这么一说,郑又见确切地想起来了,他为了混过关卡盘查装成日本留学生的事情:"哦,是你。田静小姐。"

当时,她告诉他,她的中国名字叫田静:"我不知道你也在龙口城。"

"是呀。我来这里看望朋友,没想到却又打起来了,现在我也回不了奉天城,好烦呀。"田静很开心地笑,"我没想到会遇到你,这真是让人太意外了。"

"又见!"正要回答田静的郑又见忽然听到了花火叫自己的声音,听到平时一向连名带姓地叫自己的她居然亲热地叫起自己的名字,他不由得看着花火扬起嘴角微笑:"火儿,你怎么来了?"

"我刚巧路过。"花火走过来挽住郑又见的手臂,看向田静,"这位是?"

"这是田静小姐。四年前我去奉天城的时候,在路上巧遇认识的,是一位日本留学生。"

郑又见有意无意地提起了日本留学生这几个字,花火一下就警惕起来:"田静小姐一直在奉天城吗?我没有在龙口城见过你呢。"难怪呢,刚才她远远看见郑又见与一个女孩子在说话,便凭直觉敏锐地察觉出田静的不对劲儿。

"是呀。我之前一直在奉天城,上个月才来龙口城看朋友,没想到又打起来了,我也回不成奉天城了。"

田静十分郁闷。她同时也在仔细地观察花火,情报说花火就是令他们日本军队大伤元气的火狼队的首领,可田静这

会儿看这个急切地为郑又见争风吃醋的女子，实在不太像那种令人闻风丧胆的人物。

八

"田静小姐如果无聊，不如到我们家去做客？我花家有龙口城最大的花园呢。"花火半是故意半是炫耀地说，郑又见心里怕她有危险，但还是宠爱地看着她附和她的意见："如果田静小姐没有别的事情，就请到舍下来散散心吧。"

听到花火夫妻的邀请，本来就是要到花家的田中静子自然欣然同意前往。回到花家，郑又见便去忙碌了。花火作为女眷陪田静在花园散步，二人说说笑笑。花火觉得田静很不正常，不禁想试她一试，于是借口去给她拿水果，将她自己丢在花园里，让自己走一会儿。

田静终于得到了独处的机会，当然不会放过寻找兄长被关押的地点的机会，正找着，花火忽然出现："田中小姐，你在找什么？"

花火没有叫田静小姐而是叫田中小姐，田静知道自己已经暴露了，于是一不做二不休，掏出了一把精致的小手枪："花火小姐如此聪明，叫我如何能留你？"

田中静子十分凶狠，手枪掏出就对花火扣动扳机，花火虽早有防备，纵身扑向一旁花丛的同时也扬手将手里的绣花针射了出去，田中静子拿枪的手中了十来枚绣花针却并不慌乱，而是把枪换了一个手："连我哥都不知道，其实我左手使枪打得更准。"

"无缺！"忽然窜出来扑开了刚刚爬起来要跑的花火的,是关大雷。此时,郑又见也带人跑了过来,田中静子见势不妙,凭着她过人的身手,还是逃脱了。但是,救下花火的关大雷胸口却中了弹。

医生给关大雷治伤的时候,已经怀孕的线娘跑过来,吓得直哭,花火不禁懊恼自己的冲动。郑又见搂着她的肩膀,轻轻地拍了一下作为安慰:"她是日本最优秀的间谍,你一个人对付不了她的。"所幸关大雷并无生命危险,花火才稍稍松了一口气。

但此事才过了两日,日本人攻打龙口城的战斗便在一个午后打响了。

松本五郎与田中直男不同,他来到龙口城外,根本不作任何休整,直接就下令攻城,还喊出口号,每一个攻入龙口城的士兵不但可以升官,还可以清场！清场的意思就是任何一个日本士兵抢到了东西都归其个人所有！这等于把原本便很凶残的日本兵变成了一群野兽！

战斗持续了三天三夜,日本人此次对龙口城志在必得,派了两个师的军事力量来攻打,而且个个都是日本的精英部队。他们使用车轮战术,日夜不停地骚扰攻击,妄图拖死232师。

皇甫昆、郑又见兄弟俩和花火、顾皑之、关大雷的"火狼队"一起日夜抵抗日本人的进攻。

战斗极其惨烈,郑又见与皇甫昆看着身边一起出生入死

的兄弟与战友一个个地倒下,二人都愤恨难当。

战斗持续了半个月,龙口城里已近弹尽粮绝。必须出去求援,必须想办法自救!

九

皇甫昆、郑又见决定,让西边城门佯装被攻破,让日本兵进城,通过巷战与火狼队的配合,对日本人进行诱敌深入的战斗方式。

皇甫昆当着郑又见的面撕毁上级再次发来的剿共为主、抗日为辅的密电,默许了郑又见派人通知地下党与游击队加入战斗。

此时,明慧和尚,也就是一直在平民中保持救人状态的刘寿山挺身而出,要杀出一条血路去向地下党与红军游击队求援。

明慧和尚拿了皇甫昆的求援信转身要走的时候,皇甫昆终于原谅了父亲:"爹,你保重。"他一直认得明慧和尚就是自己的父亲,但是,因为怨恨他害母亲惨死,也怨恨他害得他们兄弟分离,所以皇甫昆一直没有认他。

郑又见听皇甫昆竟然叫明慧和尚"爹",一下也呆住了:"爹?"

明慧和尚双眼含泪,双手合十,对着两个儿子说了声"阿弥陀佛",便转身走了。

在这场保卫家乡的战役中,战斗异常残酷。郑又见、皇甫昆兄弟并肩作战。在一次又一次与冲进西城门的日本人的战斗中,负责斩断敌人后续部队,让前面进来的敌人被全歼的

212连打得十分艰苦。

在巷战中，很多平民都自愿加入了战斗。肖西门、小十一向花子敬要了枪，二人在相互掩护中牺牲。

临死前，已经无法再说话的肖西门用嘴型对小十一说："下辈子如果我早点儿来找你，你嫁我好吗？"

已经中弹的小十一看懂了他无声的告白，泪流满面地大声说："嫁！肖西门！老娘下辈子只嫁给你！"二人互相望着对方含笑牺牲。

花家，已经大腹便便的线娘急得团团转，但她要负责保护好老爷，为了肚子里的关大雷的孩子，她也不能去涉险。

牛二在巷战中壮烈牺牲，顾皂之也打尽了最后一粒子弹，但这一次，他没有害怕，而是捡起地上日本兵的枪就杀进了战斗里！最终，顾皂之也倒下了，顾家齐抱着几乎被打成筛子的儿子老泪纵横，说不出一句话来。

"爹，别哭！你儿子杀的是日本人，你儿子没尿裤子，你儿子没给你丢脸，所以，爹你别哭！"顾皂之在生命弥留之际，喃喃地安慰着父亲。

顾家齐抹了一把老泪告诉儿子："爹知道，爹知道！我儿是个顶天立地的男人！"

顾皂之闭上了眼睛，顾家齐捡起儿子怀里的枪，继续对日本人射击，直至耗尽了最后的生命！最后时刻，他伸手合上了儿子的双眼："儿子，你去哪儿，爹陪着你！"

日本人用了重兵却攻不下一个小小的龙口城，一时举国震惊。

十

　　大病初愈的花子敬最后也加入了战斗,他给每一个来花家帮工的佣人都发了枪:"龙口城要是没了,我们的家就没了。保住龙口城,就是保住了我们的家!"

　　皇甫昆抓住田中直男上了城楼,当着日本人的面杀了田中,给了日本人不小的震撼。接下来的战斗中,皇甫昆表现出非同一般的英勇,一直在拼命地厮杀,直至流尽最后一滴血。

　　军长的身先士卒给了将士们更多的勇气,龙口城内几乎随处可听到保卫龙口保卫家的吼声!花子敬带着自己的酒庄伙计在巷战中仿佛又回到了年轻时的热血革命梦想,也倒在了老伙计顾家齐身边。

　　明慧和尚杀出一条血路送出信去,又拼尽最后一丝力气杀了回来,他只来得及告诉郑又见:对方让我告知,援兵随后就到,便力竭而亡。

　　伏在制高点狙击敌人的花火眼见父亲英勇战死,悲愤地抹去眼泪继续战斗。郑又见眼看父兄皆牺牲却强行忍住眼泪继续指挥战斗,一时间,龙口城里进入了全城抗日的状态。

　　龙口城久攻不下,日方也十分疲惫。田中静子为报杀兄之仇,主动请缨前往狙杀中方狙击手,她的目标是花火。

　　关大雷看着自己亲自训练出来的火狼队狙击点一个又一个地被静子找到,眼见静子很快将找到担负着重要任务的花火,关大雷不惜暴露自己,疯狂地向田中静子射击,田中静子愤怒反扑,关大雷中弹身亡。最后时刻,他的眼睛望向了花府的方向,仿佛看到线娘与孩子正对着自己微笑。

花火专心致志地狙杀所有对郑又见有所威胁的日军,这也让原本隐蔽得很好的她进入了田中静子的射程。花火将静子所带的几个狙击技术出色的间谍一一狙杀,最后轮到田中静子时,双方都一动不动,微笑着扣下了扳机。

战斗终于白热化,日本人为龙口城疯狂了,保护龙口城的平民与军队也疯狂了,郑又见隐约地感觉到,那股来自某角落持续地保护自己的狙击力量已经消失了。

悲痛中,郑又见的守城之战前所未有的艰难,上级拒绝派兵救援,郑又见几近弹尽粮绝,如若钟雾槐的救兵不能赶到,龙口城眼见将失守。

悲愤绝望中,郑又见怒吼着举枪冲向敌人,准备同归于尽。正在此时,城外进攻的枪声响起,郑又见知道,援兵终于来了。

战斗结束,龙口城保住了。疲惫而又浑身血污的郑又见在最能保护他的一个制高点,找到了用敌人的尸体伪装自己的花火,她已身体冰冷,流了很多血,所以脸色特别苍白,但她的嘴角似乎带着微笑,似乎在对郑又见说:郑又见,别怕,你要坚持。

另一个与花火相对的角落里,田中静子被一颗来自花火狙击枪的子弹穿透了脑袋,她的脸上似乎带着不可置信的表情,大概不相信自己这个优秀的大日本间谍,竟会被花火狙杀。

郑又见抱着花火,暗暗发誓,即使花火不在,他也会让日

本人闻风丧胆的"火狼队"永不消失。

郑又见与赶来救援的红四军坚守龙口城三年,多次在艰难的条件下让日本人无计可施。1937年,抗日战争全面打响,郑又见和他的"火狼队"加入了中国共产党,誓死抗日。

1940年,郑又见在百团大战中身先士卒,壮烈牺牲,最后的血泪中,他仿佛看到心爱的姑娘,他挚爱一生的火儿扛着狙击枪向他招手:"我们把日本人赶跑啦,我们回家吧。"

(完)